Verstümmelt!
Verseucht!
Verstrahlt!
Verreckt!

DIETER SCHNELLE

Verstümmelt!

Verseucht!

Verstrahlt!

Verreckt!

Ein Plädoyer für das Recht auf einen
würdevollen Freitod

Bibliografische Information der Deutschen Nationalbibliothek
Die Deutsche Nationalbibliothek verzeichnet diese Publikation
in der Deutschen Nationalbibliografie; detaillierte bibliografische
Daten sind im Internet über http://dnb.d-nb.de abrufbar.

© 2010 Dieter Schnelle
Umschlagdesign, Satz, Herstellung und Verlag:
Books on Demand GmbH, Norderstedt
ISBN 978-3-8391-9493-5

Inhalt

Vorwort

Ach du Scheiße. Noch so'n Selbstdarsteller, der glaubt, er müsse seine Kackkrankheit öffentlich machen. Hat wohl sonst nichts gehabt im Leben. Wie hohl ist der denn? Der ist ja nicht mal semi-prominent. Kein Schauspieler, kein Musiker, kein Sportler, kein Schriftsteller, kein Politiker. Nicht mal von Bohlen und Konsorten wurde er verarscht. Und jetzt will er uns teilhaben lassen an seinem Scheißkrebs und meint auch noch, uns über diesen Staat und sein Gesundheitssystem aufklären zu müssen. Gibt es nicht schon genug von diesen Exhibitionisten, die, ob man es hören will oder nicht, heroisch von ihrem Kampf berichten, das Leben verherrlichen, auch wenn der erbärmliche Rest, der ihnen nach der Behandlungsfolter verblieben ist, dieses Vegetieren, eine härtere Bestrafung als der Tod bedeutet?

Ich bin nicht so vermessen zu glauben, dass diese Veröffentlichung über das, was ich erlebt habe, irgendetwas ändert. Aber wenn dieses Buch nur einige wachrüttelt, die davon träumen, in Würde abgehen zu können, wenn es einmal so weit ist; wenn es diese Menschen dazu bringen kann, besser vorzusorgen, soll es gut sein. Ich werde zeigen, dass es ein Trugschluss ist, ein verhängnisvolles Einlullen, zu glauben, es wird schon möglich sein, in Würde von dieser Welt zu gehen. Wer so denkt wie ich, dem gibt dieser Staat keine Chance auf ein Lebensende nach seinen Wünschen. Er gibt dich erst dann zum Krepieren frei, wenn du als Organspender deinen Körper zum Ausschlachten feilgeboten hast und du die erste Phase deines Todes hinter dich gebracht hast. Darum rate ich euch, die ihr so denkt wie ich: Sorgt vor, wehrt euch und organisiert euch – jetzt!

Warum dieses Buch? Muss das sein?

Ich weiß also nicht, ob es sein muss, ich weiß jetzt noch nicht mal, ob ich meine Aufzeichnungen überhaupt zu Ende bringe, geschweige denn, dass ich sagen kann, ob das hier jemals veröffentlicht wird. Aber jetzt im Moment will ich, dass die Scheiße, die mir im Zusammenhang mit diesem Bastard in mir passiert ist, öffentlich wird. Ich wünsche, dass ich durch die Veröffentlichung meiner Geschichte dazu beitragen kann, das perverse Gesundheitssystem in diesem verlogenen Staat zu entlarven, der permanent gegen sein eigenes Grundgesetz verstößt: *§ 1. Die Würde des Menschen ist unantastbar. Sie zu achten und zu schützen ist Verpflichtung aller staatlichen Gewalt.* Meine Würde kann nicht fremdbestimmt werden. Ich will bei meinem Abgang nicht in der menschenfeindlichen Atmosphäre einer Hochleistungsklinik einem selbsternannten Halbgott in Weiß, der in seinen Allmachtsphantasien alle Götter dieser Welt überholen will, ausgeliefert sein und auch nicht unter der bigotten Barmherzigkeit eines Hospizes leidvoll aus diesem Leben scheiden. Ich will selbstbestimmt, friedvoll und menschenwürdig mein bisher geiles Leben beenden, und zwar dann, wenn ich denke, dass der Zeitpunkt gekommen ist. Leider habe ich es bis jetzt versäumt, mich aktiv gegen die scheinheilige, menschenverachtende und machtbesessene Politik dieses Staates zur Wehr zu setzen. Eine Politik, die sich leiten lässt von den pekuniären Interessen einer mafiös strukturierten Gesundheitsindustrie und einer machtbesessenen, heuchlerischen, unter dem Deckmantel der christlichen Ethik agierenden Kirche.

Ich stelle nicht die Frage, warum dieser Bastard sich bei mir einnisten musste. Ich frage nicht, warum ich, warum schon jetzt? Ich halte das für genauso schwachsinnig, als käme ich der Evolution mit der Frage, warum die Dinosaurier ausgestorben sind. Aber ich bin voller Wut und Hass, dass ich mich nach dem Willen dieses von Lobbyisten ferngesteuerten Staates entweder so lange mit meiner Krankheit foltern lassen muss, wie noch Kohle aus meiner Hülle rauszuquetschen ist, oder aber ich einen Freitod wählen muss, der mir nicht behagt, den Menschen, die ich liebe, nicht zumutbar ist und vielleicht völlig Unbeteiligte mit einbezieht und zu Unrecht belastet. Ich fordere das Recht auf einen Freitod mit dem Mittel meiner Wahl. Ich fordere ein Recht, das zum Beispiel in der Schweiz längst realisiert ist. Auch wenn selbst dort die Gesundheitsmafia, im Bunde mit einigen religiösen Eiferern und ihren Schergen, stets willfährige Politiker und Journalisten findet, die dieses Recht mit Halbwahrheiten und Lügen diffamieren und einschränken wollen. Wohlgemerkt gegen den erklärten Willen einer Mehrheit der Bevölkerung.

Eine wahre Geschichte,
die auch eure sein könnte

Vorab stelle ich mich kurz vor: Als ich den Bastard und seine Vasallen in mir entdeckt habe, war ich 58 Jahre alt. Ich bin verheiratet mit meiner Uschi, die wie ich voll berufstätig ist. Wir haben keine Kinder, dafür einen sogenannten Kampfhund, unseren Spocky. Aus einem Tierheim geholt. Denn ohne uns wäre der vor rund acht Jahren in Berlin längst weggespritzt worden. Grund: Gesund, aber nicht wesenstauglich, da falsche Rasse! Jetzt ist er gut 13 Jahre alt, so gut wie blind und voller Arthrose, schläft 20 Stunden am Tag, und sein heftigstes Lebenszeichen ist das Wedeln mit seiner Rute, wenn er uns oder andere Menschen bemerkt. Trotzdem werden wir noch über eine Kampfhundesteuer abgezockt.

Von Beruf bin ich Sozialarbeiter. Ich arbeite seit 25 Jahren in einem Jugendzentrum, die letzten Jahre als Leiter. Für alle, die jetzt denken: Wie schizophren ist der denn? Im Job sorgt er dafür, dass dieser Staat rund läuft, aber hier labert er was völlig anderes. Ich habe meine Situation ständig reflektiert, und glaubt mir: Nicht dieser Staat stand im Fokus meiner Arbeit, sondern immer mit erster Priorität die Menschen, mit denen ich gearbeitet habe. Ich war mir der Ambivalenz meines Handelns stets bewusst, und ich glaube, ich habe diesen Spagat bewältigt, ohne mich und meine Lebensphilosophie zu verraten. Ich wollte niemals den Weltverbesserer auf dem Rücken meiner Klientel spielen. Mein Ziel war es, sie in der Wahrnehmung ihrer Rechte zu stärken und zu unterstützen und ihnen zu verdeutlichen, dass nur auf der Grundlage gegenseitiger Akzeptanz und Toleranz ein weitgehend selbstbestimmtes Leben möglich ist. Dies ist mir, auch gemeinsam mit meinem langjährigen Kollegen, zumindest im Mikrokosmos des Jugendzentrums gelungen. In unserem Haus waren Besucherinnen und Besucher aus über 20 Nationen, die meinten, ihr Seelenheil in gut einem Dutzend verschiedener Religionen zu finden. Daneben zählten in den 1990er Jahren eine Reihe von deutschnational denkenden „Glatzen" zu unseren Besuchern. Trotzdem ist es in fast 30 Jahren nie zu ernsten Auseinandersetzungen gekommen, die sich auf Grund von Nationalität oder Religionszugehörigkeit entwickelten. Es gab Diskussionen, und manche blieben weg. Bei diesen war der Einfluss machtgeiler religiöser Führer und/oder politisch motivierter Volksverhetzer zu groß. Natürlich gab es auch mal 'ne Schlägerei, um ein Mädchen etwa, um eine verlorene Wette, ein geklautes Handy oder einfach, um abzuklären, wer der Bessere ist. Aber das ist für mich durchaus menschlich, erinnert mich an meine Jugend, und nur Träumer sollten sich der Illusion hingeben, so etwas verhindern zu können. Wichtig ist, dass sich die Aggressionen nicht festmachen an den unterschiedlichen Nationalitäten, der Hautfarbe oder dem Glauben oder Nichtglauben. Leider entstehen solche Rivalitäten häufig auf Grund gesellschaftlicher Bedingungen, die dann von machtgeilen politisch, ökonomisch und/oder religiös motivierten Demagogen geschickt genutzt werden. Ich liebe meine Arbeit, und ich liebe die Menschen, mit denen ich arbeite. Meine sogenannte Klientel ist mir sehr vertraut. Rund 90 Prozent der Besucher dieses Zentrums sind Ausländer. Zu vielen dieser älteren Kanaken (keine Panik, ich bin auch ihr Kanake) habe ich ein großartiges, fast inniges Verhältnis. Ihre Sorge um mich war ohne Pathos und hat mich sehr berührt. Trotzdem würde ich nicht sagen, dass ich Dutzende von Freunden habe. Dafür ist meine Definition von Freundschaft einfach zu eng. Freunde habe und hatte ich ganze sechs. Von denen sind die meisten schon tot. Meine Freizeit war vor der Zerstörung meines Körpers ausgefüllt mit vielen sportlichen Aktivitäten: Laufen, Rennrad, Mountainbike, Fitnesstraining, Klettern und natürlich viel Bewegung mit unserem Spocky. Vieles habe ich gemeinsam mit meiner Uschi unternommen. In meinem Radsportverein oder bei einer Gruppe selbstorganisierter Mountainbiker sowie den Jungs aus meiner Fitnessgruppe fand ich die Herausforderung, die für mich beim Sport dazugehört. Hier liegt sicher auch ein Grund für die Zufriedenheit mit meiner Arbeit. Idealtypisch konnte ich hier meine sportlichen Interessen als adäquates pädagogisches Mittel einsetzen. Das machte mir den Umgang mit einer bescheidenen Bezahlung und den häufigen, nervigen Diskussionen mit meinen Vorgesetzten erträglicher. Ganz wichtig war hier aber auch mein super Kollege, mit dem ich gemeinsam so manche praxisfremde Attacke auf unsere Arbeit platt gebügelt habe.

Dosiert platzierte Partys, gutes italienisches Essen, zwei bis drei Urlaubsreisen im Jahr mit Hund und Bikes rundeten unsere Freizeit ab. Bis zu meinem 30. Lebensjahr war mein Leben etwas wilder. Partys jedes Wochenende, Austesten von allen damals auf dem Markt befindlichen Drogen. Standard waren Alkohol und Nikotin. Also „Sex and Drugs and Rock 'n' Roll". Wahrscheinlich schreien jetzt alle: „Siehste, da hat er sich den Bastard eingefangen!" Aber auch diese Episode meines Lebens möchte ich nicht missen. Wenn ich bilanziere, hatte ich bis zu diesem vermaledeiten Tag, dem Tag, als ich den Bastard in mir entdeckte, eine ausgesprochen positive Lebensbilanz. Die wollte ich mir nie, um keinen Preis verhageln lassen. Und egal was passiert, niemandem wird es gelingen, mich mit dem Rest meiner Tage ins Soll zu fahren.

Zum Arzt bin ich gegangen, wenn ich Probleme hatte, zum Beispiel nach Überbelastung, muskulären oder Knochenschmerzen, nach Stürzen mit dem Bike und/oder Überforderung. Vor einigen Jahren hatte ich häufiger Darmprobleme, die Nachwirkung einer verpfuschten Blinddarm-OP aus dem Jahre 1962, bei der ich als Arbeiterkind und Kassenpatient für einen angehenden Arzt aus dem Iran als Versuchskaninchen herhalten musste. Ab dem Fünfzigsten war ich einmal jährlich bei der Krebsvorsorge; dort gab es das volle Programm: großes Blutbild, Urin, Test auf okkultes Blut im Stuhl, viermal Darmspiegelung, Ultraschall, PSA (Prostata), EKG einschließlich Belastungs-EKG und vieles mehr. Nach meiner jetzigen Erfahrung kann ich sagen, diese Untersuchungen hätte ich mir sparen können. Die letzte Vorsorgeuntersuchung im Oktober 2008 war, wie alle vorhergegangenen Untersuchungen, nicht nur ohne Befund, sondern alle Werte waren absolut top. Mit diesem Ergebnis wurden bei mir alle Zweifel über meinen Gesundheitszustand weggefegt. Alle Anzeichen, die mir mein Körper bis dahin vorsichtig gegeben hat, habe ich nun nicht nur ignoriert, sondern auch mit fadenscheinigen Erklärungen abgehakt. Da war zum einen eine unglaubliche Müdigkeit: Abends um 20.00 Uhr, spätestens 21.00 Uhr, bin ich regelmäßig im Wohnzimmer eingeschlafen. Dabei war es völlig egal, ob die Glotze lief, ich gelesen oder Musik gehört habe. Morgens war ich unausgeschlafen, aber tagsüber hatte ich meinen Job gut im Griff. Zu meinem Training musste ich mich immer mehr zwingen. Nur selten hatte ich in den letzten Monaten wirklich Spaß beim Sport. Im Nachhinein erkenne ich jedoch weitere Signale, die mein Körper mir gesendet hat und die ich nicht deuten konnte. Ich hatte wiederholt, circa vier- bis sechsmal, einen Traum, der mich immer schweißgebadet aufwachen ließ. Ich träumte, ich hätte einen Faden verschluckt. Dieser Faden war mal ein Zwirnsfaden, mal ein Wollfaden, eine aufgerollte Lakritzschnecke von Haribo oder eine Angelschnur, oder einmal, echt pervers, mein eigener Dünndarm. Ich hatte immer ein Ende dieses Fadens greifen können und versucht, ihn aus meinem Rachen zu ziehen. Oftmals war er mehrere Meter lang. Mir war es nie gelungen, diesen Faden völlig aus meinem Rachen zu entfernen. Immer riss er irgendwie ab. Ich wachte auf und war jedes Mal nicht nur schweißgebadet, sondern auch total panisch. Ich schaute mir stets noch in derselben Nacht in den Rachen, ohne jedoch irgendetwas zu sehen. Wenn ich morgens aufgewacht bin, waren da keinerlei Anzeichen einer Entzündung, kein Schmerz, keine Heiserkeit oder Ähnliches. Nur der Traum verfolgte mich noch weit in den Tag hinein. Die Träume kamen im Schnitt einmal wöchentlich oder 14-tägig. Eine Untersuchung bei einem HNO-Arzt – nicht derjenige, zu dem ich später gegangen bin – blieb ohne Befund. Außerdem hatte ich in dieser Phase zwei- oder dreimal plötzlich kein Geschmacksempfinden mehr. Diese Irritation hatte ich zu unterschiedlichen Tageszeiten. Morgens war es einmal mein Müsli, das einfach nach nichts schmeckte, nachmittags einmal ein Stück Kuchen, den eine Arbeitskollegin selbst gebacken hatte und mir eine Erklärung praktisch frei Haus lieferte; na, dachte ich, backen kann die auch nicht! Und an einem Abend wiederum war ein Rotwein, den ich das erste Mal probierte, total fad. Nicht mal im Abgang war irgendeine Note erkennbar. Auch dafür gab's schnell eine Erklärung: Scheißgepansche, auf keinen Fall noch mal kaufen. Das waren aber tatsächlich alle Anzeichen und Signale, mit denen mich mein Körper auf diesen Bastard in mir aufmerksam machen wollte. Im November legte ich wie jedes Jahr eine Trainingspause ein. Kein Biken, kein Rennrad, kein Lauf, kein Fitnesstraining, nur Spaziergänge mit Spocky, viel lesen und einfach ausruhen. Beruflich nahm ich mich durch den Abbau von ein paar Überstunden etwas zurück. Natürlich hätte ich die viel lieber im Sommer genutzt, um sie für meine Trainingszeiten einzusetzen.

Rückblickend muss ich erkennen, dass alle diese Maßnahmen nicht erfolgreich waren, es gar nicht sein konnten. Für mich war es aber Grund genug, ab Dezember 2008 wieder voll einzusteigen. Keine Ausreden mehr, alle Signale meines Körpers wurden plattgewalzt, mit dem Totschlagargument meines Alters: Wenn man auf die 60 zugeht, ist man eben öfter kaputt, der Körper will nicht mehr so wie der Kopf, also muss der innere Schweinehund eben häufiger besiegt werden. Außerdem waren da die Topuntersuchungsergebnisse. So ging es bis Mitte Januar 2009. Es gab in diesem Zeitraum sogar Tage, an denen ich mir sagte: Na, geht doch.

Aber das war nicht allzu oft.

Der Bastard outet sich

Es war Mittwoch, der 21. Januar 2009, gegen 17.00 Uhr. Ich trainierte mit meiner Fitnessgruppe. Alles Jungs und junge Männer im Alter von 16 bis 28 Jahren. In einem nicht ausgesprochenen Wettbewerb ging es schon seit Langem um Klimmzüge. Auch in mein Trainingsprogramm hatte ich Klimmzüge eingebaut. Neben veränderten Griffvarianten, Kamm- oder Ristgriff, weit oder eng, wurde auch mit Gewichtsweste trainiert. Ich hatte gerade eine Einheit mit mehreren Wiederholungen und einer 15-Kilo-Weste durchgezogen und stand vor einem Spiegel, als ich an meiner linken Halsseite eine Verdickung entdeckte. Im ersten Moment dachte ich an die Halsschlagader, die sich durch die fette Anstrengung aufgepumpt habe. In wenigen Sekunden wusste ich, das war es nicht. Schnell war mir klar, das ist ein Lymphknoten, und dafür, dass der so fett ist, gibt es zwei Möglichkeiten: Entweder kommt da endlich der Infekt zum Vorschein, der dich seit Monaten beschäftigt, oder es ist richtig scheiße. Auf Training hatte ich nun keinen Bock mehr.

Für Donnerstag, den 22. Januar 2009 keinen Termin bei einem HNO-Arzt bekommen. Am Freitag, den 23. Januar 2009 Termin bei einem Arzt, der nicht so überlaufen ist. Der diagnostizierte im Schnellwaschgang (so macht man mit einem Kassenpatienten am besten richtig Kohle; erste Untersuchung im Quartal, drei Minuten, circa 40 Euro) einen mutmaßlichen schleichenden grippalen Infekt. Zehn Tage Antibiotikum, und die Sache ist ausgestanden.

Im ersten Moment war das ein glückseliges Gefühl. Endlich, dachte ich, ist es klar, was dich so plattmacht. Aber schon vor der Tür beschlichen mich erste Zweifel. Warum sollte ausgerechnet dieser Dr. Normalo, ohne ernstzunehmende Diagnostik, auf der richtigen Spur sein? Na ja, was soll's. Ich holte mir das Antibiotikum und warf es mir noch ab mittags ein. Ab jetzt blieb kein Spiegel verschont: Ist das Ding schon geschrumpft? Ich weiß nicht, wie oft die Uschi mich abtasten musste, um dann zu sagen, was sie glaubt. Ich denke, sie hatte nach einigen Tagen schon Angst vor meiner Reaktion, wenn sie mir wieder sagen musste: Das Ding ist unverändert, vielleicht sogar etwas fetter geworden. Zu diesem Zeitpunkt hat der Vasall des Bastards nicht einmal geschmerzt. Dass er richtig unangenehm wurde, das hat erst später ein ziemlich verstrahlter Chefarzt aus den Städtischen Kliniken Bielefeld sauber hingekriegt.

Mit Training war erst mal Schluss. Gearbeitet habe ich weiter, fummelte aber pausenlos an meinem Hals herum. Am 27. Januar 2009 ließ ich bei meinem Hausarzt ein großes Blutbild anfertigen. Der Besprechungstermin war am 3. Februar 2009. Am 2. Februar 2009 war das Antibiotikaprogramm durch. Veränderung: keine. Zu meiner Überraschung war mein Blut wie immer top. Mein Hausarzt war aber über dieses Ding an meinem Hals mindestens ebenso irritiert wie ich. Er hat dann für den nächsten Tag, den 4. Februar 2009, bei einem ihm bekannten HNO-Arzt einen Termin für mich vereinbart. Die Untersuchung bei diesem Arzt war für einen ambulanten Termin sehr umfangreich, und spätestens, als er einen Kollegen hinzuholte, wurde mir klar, irgendetwas ist dabei, deinen Körper richtig zu ficken. Sehr engagiert organisierte dieser HNO-Arzt für den 9. Februar 2009 die stationäre Aufnahme in die Städtischen Kliniken Bielefeld. Nachmittags und am 5. Februar 2009 arbeitete ich vormittags noch. Das heißt, ich versuchte, die wichtigsten Dinge zu delegieren, zu verschieben oder sonst wie einigermaßen zu regeln. Mein Kopf wurde allerdings dominiert von diesem Bastard in mir.

In der Nacht zum 6. Februar 2009 spielte meine Psyche ein wildes Spiel mit mir. Sie gaukelte mir körperliche Beschwerden vor, die objektiv nicht nachvollziehbar waren. Ich meinte Schluckbeschwerden zu haben und Probleme beim Atmen zu spüren. Dass ich nachts geschwitzt habe wie Sau, ohne auch nur im Geringsten fiebrig zu sein, war allerdings sehr real und hat mich in meiner Panik, schnellstmöglich ins Krankenhaus zu müssen, bestärkt. Am 6. Februar ging ich dann vormittags noch mal zu meinem Hausarzt. Der wies mich noch am gleichen Tag als Notfall in die Städtischen Kliniken Bielefeld ein.

Von diesem Moment an war mein Leben, wie ich es mir vorstelle, nicht mehr da. Es sollte alles anders werden. Es wurde alles schlimmer, als ich es mir vorzustellen vermochte. Und das Übelste ist, nicht der Bastard in mir war es, der mich so wütend machte, sondern eine unheilvolle Allianz, bestehend aus diesem Staat, der ohne Recht so in mein Leben pfuscht, geleitet von der Machtgeilheit der Kirche und der Profitgier einer Gesundheitsmafia, die mir mein Recht auf einen für mich akzeptablen Umgang mit meinem Schicksal nicht zubilligen wollen.

Der Chaosschuppen –
Die Städtischen Kliniken Bielefeld

Die Städtischen Kliniken Bielefeld sind nicht irgendein Provinzkrankenhaus. Rein von der Größenordnung und Ausstattung repräsentieren sie das, was man von einer zeitgemäßen und modernen Klinik erwartet. Umso schlimmer ist der Umgang mit den Menschen in diesem Krankenhaus und nachweislich mit meinen Untersuchungsergebnissen. Und es ist sehr wahrscheinlich, dass ich nicht die große Ausnahme bin. Nur durch die radikale Umsetzung meiner Lebensphilosophie und mit der Hilfe meines Hausarztes sind die Verfehlungen, die grob fahrlässigen Fehlinterpretationen bei der Diagnostik, aufgedeckt worden. Die Auswertung dieser Ergebnisse nur als fahrlässig zu bezeichnen würde der Sache nicht gerecht. Mein Behandlungsverlauf auf der HNO-Abteilung dieses Krankenhauses zeigt geradezu exemplarisch, wie ein Kassenpatient bewertet und eingestuft wird. Widersprüche in der Diagnostik werden bewusst ignoriert, aus ökonomischen Interessen toleriert oder bleiben aus Unerfahrenheit der Assistenzärzte unerkannt. Sollte es an der fehlenden Qualifikation gelegen haben, so zeigt die nicht eingebaute Kontrolle, dass eine patientengerechte, optimale Auswertung der Untersuchungsergebnisse nicht unbedingt im Fokus steht. Relevant für die Schlussfolgerungen ist primär die weitere Profitentwicklung.

Eine Kfz-Werkstatt, die so gehandelt hätte, zum Beispiel beim Einbau einer neuen Bremse, wäre nicht nur zivilrechtlich auf Schadensersatz zu verklagen gewesen, sondern auch strafrechtlich belangt worden. Aber als Kassenpatient hast du gegen die Gesundheitsmafia natürlich keine Chance. Bestenfalls wäre da hinter vorgehaltener Hand auf der nächsten gemeinsamen Party dem Chefarzt dieser HNO-Abteilung freundschaftlich geraten: Mensch, treib es doch nicht ganz so doll. – Ein paar graduelle

Veränderungen, eventuell ein etwas diskreteres Behandlungszimmer, eine weniger erkennbare Vorzugsbehandlung von Privatpatienten, und alles ist wieder paletti. Was mir in den Städtischen Kliniken Bielefeld (mir ist dieser Name viel zu lang, und er gaukelt eine Seriosität vor, die er nicht hat, deshalb werde ich den Laden nur noch als Chaosschuppen bezeichnen) widerfahren ist, lässt sich am besten aus dem Beschwerdeschreiben ablesen, das ich nach diesem Krankenhausaufenthalt an die Klinikleitung gemailt habe. Hier meine Beschwerde vom 22. Februar 2009:

Beschwerde über meinen Krankenhausaufenthalt in der HNO Abteilung des Klinikum Mitte.eml
Betreff:
Beschwerde über meinen Krankenhausaufenthalt in der HNO Abteilung des Klinikum
Mitte
Von:
Dieter Schnelle <dieter.schnelle@gmx.net>
Datum:
Sun, 22 Feb 2009 14:03:35 +0100
An:
gerda.merten@sk-bielefeld.de

Sehr geehrte Damen und Herren,

nicht mehr für mich will ich Sie über die Mißstände im Klinikum Bielefeld Mitte
informieren. Auch habe ich nicht viel Hoffnung, dass sich durch meine Beschwerde
etwas ändert. Solange ein 2-Klassen Versicherungssystem in diesem Land dafür
sorgt, dass auch derart menschenverachtende Abteilungen wie Ihre HNO-Abteilung
regen Zulauf haben, wird wohl alles beim Alten bleiben. Denn alles was ich
während meines stationären Aufenthaltes in dieser Abt. erlebt habe, hat seine
Ursachen nicht bei den desinteressierten Ärzten, die, wie mir schienen, oftmals
auch fachlich und intellektuell überfordert waren, sondern wie es m. E. richtig
heißt: Der Fisch beginnt am Kopf zu stinken. Eine Verwaltungsleitung, die einer
solchen Abteilung vorsteht, wird sich wohl eher um ihre berufliche Karriere
kümmern, als um ein menschenwürdiges Behandeln von Patienten. Nach dem was ich
an meinem Entlassungstag erlebt habe, kann ich mir nicht vorstellen, dass es
noch keine Beschwerden zu diesem Chaos gegeben hat. Wie wichtig es dieser
Verwaltungsleitung mit einem Qualitätsmanagement ist, zeigt ja wohl auch die
Patientenbeschwerdestelle. Super Öffnungszeiten gepaart mit einer Stelle die mit
entsprechenden Kompetenzen ausgestattet ist. Dazu ein externes
Qualitätsmanagement, dass mit einem Zufallsgenerator arbeitet. Na ist doch alle
super. Lassen Sie ihre selbstgefälligen Verwaltungsdirektoren weiter
wohlgefällig ruhen. Bevor ich nun chronologisch kurz zusammenfasse was mich
derart wütend gemacht hat, weise ich darauf hin, dass ich am Montag, den 23. 02.
2009, um 8.00 Uhr, noch einmal in dieses Krankenhaus, in die HNO- Abteilung
kommen muss, um mir die Ergebnisse einer Probenentnahme abzuholen. Ich will
dabei keinen Arzt, der mir die Ergebnisse interpretiert, ich will absolut keinen
Arzt, der mir irgendwelche therapeutischen Vorschläge unterbreitet. Ich will die
Auswertung dieser Proben, und ich werde darauf nicht wieder stundenlang warten.
Kommt man mir dann noch einmal so dreist und frech wie bei meinem
Entlassungstag, wird es zum Eklat kommen, und sie werden eine Öffentlichkeit
kriegen, die Ihnen nicht gefallen wird.

Am 06. 02. 2009, wurde ich in das Klinikum Mitte eingeliefert. Grund war ein
geschwollener Lymphknoten an meiner linken Halsseite. Vorabdiagnose meines
Hausarztes und meines HNO-Arztes; evtl. eine Reaktion auf einen Tumor. Die
ersten Tage war ich auf der Station 3. 3. Hier traf ich mit Dr. Mehnert auf
einen Arzt, der alle Ansprüche an einen spitzen qualifizierten Fachmann
erfüllte. Dies trifft m. E. sowohl fachlich als auch für die zwischenmenschliche
Interaktion zu. An dieser Stelle weise ich darauf hin, dass das gesamte
pflegerische Personal und die Servicekräfte die ich in den verschiedenen
Stationen und dem Patientenhotel erlebte, eine gute Arbeit gemacht haben. Ich
hatte nie den Eindruck irgendetwas könnte denen zuviel sein. Sie waren stets
höflich und hilfsbereit. Auch die Ärzte und das Hilfspersonal in den
Funktionsabteilungen (Röntgen, Gastro.,Sono etc.) waren durchweg sachlich und
höflich.

Der Schock kam mit der ersten Untersuchung in der HNO-Abteilung. Bis ich in im
Untersuchungszimmer ankam, war ich 2 mal gefragt worden ob ich Privatpatient
wäre. Während meiner Wartezeit konnte ich feststellen, dass dies wohl eine
zentrale Frage für alle ankommenden Patienten war, deren Versicherungsstatus
nicht gleich erkennbar war. Das Untersuchungszimmer war ein nach 2 Seiten
offener Durchgangsraum. Er ist wohl gleichzeitig auch Lagerstätte für alle
erforderlichen medizinischen Instrumente. Die ganze Untersuchung hatte etwas von
einer mittelalterlichen Zahnbehandlung auf dem Marktplatz eines Dorfes. Es war
ein ständiges Kommen und Gehen. Nach der Untersuchung, stellte sich dann die
Frage, was machen wir mit Dem? Sollen die auf 3.3. Den doch behalten. Wir haben
doch sowie kein Platz. Aber wir müssen doch den Knoten rausnehmen. Als ich
anmerkte, dass ich wohl ein paar Tage im Patientenhotel unterkommen würde,
meinte einer der Ärzte, na gut, dann nehmen wir Den eben. Montag, den 16. 02.

Seite 1

Beschwerde über meinen Krankenhausaufenthalt in der HNO Abteilung des Klinikum Mitte.em1 2009, sollte mir dann der Knoten entfernt werden. Vorher, am Donnerstag, 12. 02. 2009, spätestens am Freitag, 13. 02. 2009, sollte vorab ein MRT durchgeführt werden. Am beiden Tagen sollte ich mich bereit halten. Freitagabend, gegen 20.00 Uhr erhielt ich dann Nachricht, das MRT werde wohl erst am Montag, 16. 02.2009, gemacht. Ich sollte mich nun aber am Samstag, 14. 02. 2009, für das Gespräch mit dem Anästhesisten bereithalten. Samstagabend, gegen 19.00 Uhr, hieß es dann, das Gespräch wird es am Sonntag, 15.02.2009, geben. Ich sollte mich entsprechend bereithalten. Zu diesem Gespräch kam es dann am Sonntagabend gegen 18.30 Uhr. Montag, 16. 02. 2009, teilte man mir mir, das ich nun zum MRT müsste. Die OP würde dann in der Statt Klinik durchgeführt. Nach dem MRT hieß es dann, ich würde auf die Station 11.1. verlegt und doch im Haupthaus operiert. Im Vorraum vom OP teilte mir dann ein Arzt mit, man würde den Lymphknoten doch nicht rausnehmen, weil wan im MRT im Zungengrund etwas entdeckt habe. Davon wollte man erstmal Proben nehmen. Gut erinnern kann ich mich noch, das ich während meiner Wartezeit vor dem OP-Saal noch mit bekam, wie sich einige MitarbeiterInnen aus dem OP-Team böse darüber eschaufierten, dass ihre Spinde viel zu klein seien, dass das doch wohl unmöglich sei. Was die sich da oben wohl einbilden würden. Ein Arzt beruhigte mich dann, und meinte spaßig, da drinnen (also im OP) sei alles geregelter.
Nach diesem Eingriff wurde ich auf die Station 11 zurückgebracht. Bezeichnender Weise war der einzige Arzt der sich interessehalber bei mir danach meldete Herr Dr. Mehnert. Der konnte mir zu dem Eingriff allerdings nichts sagen. Erst gegen Abend, auf meinen Druck hin, kam ein Arzt zu mir, der allerdings auch nicht bei dem Eingriff dabei war. Am nächsten Tag, konnte ich auf Nachfrage zu einer Visite. Hier wurde mir eröffnet, ich könnte nach bis Freitag, 20. 02. 2009 oder Montag, 23. 02. 2009, nach Hause gehen. Wenn dann die Ergebnisse der Proben vorliegen würden, würde man mir mir die weitere Vorgehensweise besprechen. Ich solle nur noch einen kleinen Moment warten, man werde den Bericht diktieren, der dann in der Ambulanz geschrieben würde. Aus dem kleinen Moment wurde fast eine Stunde. In der Ambulanz habe ich meine Akte mit der Kassette dann in der Schreibstube abgegeben. Nach einer Stunde, für die man mich in ein Abschiebewarteraum verwiesen hatte, habe ich nachgefragt wie lange es wohl noch mit dem Bericht dauern würde.Ich wollte damit noch zu meinem Hausarzt. Ich kann es nicht anders beschreiben, eine absolut widerliche Schreibkraft blaffte mich an, was ich mir anmaße sie zu stören, sie würde mir bescheid geben, wenn der Bericht fertig wäre. Nach knapp einer weiteren Stunde habe ich dann noch einmal fragen, wollen, was mit dem Bericht ist. Nun war diese Schreibkraft aber zu Tisch, wie man mir sagte. Ich habe dann wieder eine halbe Stunde vor der Tür gewartet bist sie zurück kam. Mit einer nicht beschreibbaren Arroganz und bodenloser Frechheit ging sie dann in das Anmeldezimmer und holte unter einen Stabel anderer Papiere meinen Bericht hervor. Als ich diesen Bericht jetzt haben wollte, hieß es, ein Oberarzt wollte erst noch mit mir darüber sprechen, der sei aber z. Zt. noch im OP. Ich habe dann eine weitere Stunde gewartet. Als ich dann darauf bestanden habe, man möge mir den Bericht ohne Kommentar mitgeben, ich verzichte auf irgendwelche Hinweise, war der Bericht plötzlich wieder verschwunden. Angeblich sei er zwischenzeitlich von einem Oberarzt korrigiert worden, und müsse jetzt noch einmal geschrieben werden. Ich habe dann vor der Tür der Schreibstube gewartet. Nachdem dier Bericht erneut geschrieben worden war, mußte er angeblich noch von 2 weiteren Ärzten quergelesen werden, die dann auch wieder Veränderungen vergenommen haben. Dieser Arzt und diese Ärztin saßen mir mir dem Rücken zugewandt über diesen Bericht. Eine Sekretärin sagte mir dann, dass einer dieser beiden Ärzte dann gleich noch mit mir sprechen wollte. Nach einer weiteren halben Stunde, überreichte mir dann eine Mitarbeiterin aus der Rezeption die Schreiben. Auf meine Frage wo denn nun der Arzt sei, der mich doch angeblich sprechen wollte, kam nur ein achselzucken.
Diese HNO-Abteilung hat sich mir als ein unorganisierter, unstrukturierter Chaosladen präsentiert. Trotzdem hat dieser Laden auch funkioniert. Als Geldmaschine bei der Behandlung von Privatpatienten, die mit wenig Wartezeit, dem Chefarzt vorgeführt wurden. Leid tun mir die Kassenpatienten die diesem Moloch ausgeliefert sind. Und entschuldigen möchte ich mich bei den Angestellten, die noch nicht aufgegeben haben, wie eine Angestellte (Ärztin) die an diesem Tag mehrfach versucht hat etwas für mich zu regeln, letztendlich dann aber doch auch resigniert hat.

Dieter Schnelle

Die Resonanz auf meine Beschwerde waren zwei Anrufe auf meinem Anrufbeantworter vom Verwaltungsdirektor, der gerne mal mit mir sprechen wollte und um einen Rückruf bat. Was immer er damit bezweckte, es erfolgte nie eine schriftliche Stellungnahme, keine Entschuldigung, aber auch kein Dementi. Ich hatte keinen Bedarf auf ein belangloses Geschwafel am Telefon, ohne irgendwelche Konsequenzen für die Verantwortlichen. Mich bewegten die Untersuchungsergebnisse, und ich war völlig damit beschäftigt, mich mit dem „Worst Case" auseinanderzusetzen.

Auch wenn die Leute in den Funktionsabteilungen nicht unfreundlich waren, beim Auswerten ihrer eigenen Diagnostik waren sie nicht gerade erste Sahne. Oder zeigt sich hier nur einmal mehr die „Scheißegal, ist nur'n Kassenpatient"-Haltung? Das lassen wir von den Anfängern auswerten, der Oberarzt und der Professor wollen schließlich Kohle sehen.

Der Kassenpatient als Füllmittel und zur Absicherung ihrer Lebenshaltungskosten: Haus, Auto, Mangiare, Urlaub etc.; der Privatpatient für den Luxus: Daimler, Kreuzfahrt, Eliteschule für die Bälger und, und, und. Und weil der Standard sowieso läuft, nimmt man sich eben viel Zeit für den Luxus.

Uschi und ich können uns glücklich schätzen, dass wir niedergelassene Ärzte gefunden haben, deren Berufsauffassung sich von dieser wohltuend unterscheidet. Mit Bernd, zu dem ich fast freundschaftliche Gefühle entwickelt habe, besteht ein Patient-Arzt-Verhältnis, das nicht vergleichbar ist. Aber auch unser Orthopäde ist für uns ein absoluter Glücksfall. Mehr als zufrieden bin ich auch mit meinem HNO-Arzt und meinem Zahnarzt. Um das als gesetzlich Krankenversicherter sagen zu können, muss man schon viel Glück haben und beim Suchen einen langen Atem mitbringen.

Die Untersuchungsergebnisse des Chaosschuppens und die Schlussfolgerungen, die die HNO-Abteilung daraus zog, waren für mich ausschlaggebend, auf jede weitere Behandlung zu verzichten, da nach diesen Diagnosen alle weiteren Behandlungen rein palliativen Charakter haben würden. Ein kurativer Behandlungsansatz war vor dem Hintergrund dieser Ergebnisse nicht mehr gegeben. Es gab keine Chance mehr, deshalb wurde in der Empfehlung des Chaosschuppens auch von einer Operation Abstand genommen, angeblich auch, weil meine Zunge dann hätte dran glauben müssen. Ausschließlich eine kombinierte Radio-Chemo-Behandlung, mit dem Ziel, mich ein paar Monate länger aussaugen zu können, wurde als Behandlungsstrategie vorgeschlagen.

Hier also die Untersuchungsergebnisse und der daraus resultierende Therapievorschlag des Chaosschuppens:

HALS-, NASEN-, OHRENKLINIK
PLASTISCHE OPERATIONEN

Schwerpunkte:
- IMPLANTIERBARE UND KNOCHENVERANKERTE HÖRGERÄTE / COCHLEA-IMPLANTATIONEN
- MIKROCHIRURGIE DES MITTELOHRES / FAZIALISCHIRURGIE
- PAROTIS-CHIRURGIE
- NASENPLASTIKEN / OHRANLEGEPLASTIKEN
- SCHÄDELBASIS- und ORBITA-CHIRURGIE
- KOPF-HALS-TUMORCHIRURGIE

N/Herrn Dr. med.

Sehr geehrte Herren Kollegen

herzlichen Dank für die freundliche Einweisung von

**Herrn Dieter Schnelle, geb. 09.09.1950,
wohnhaft in 32105 Bad Salzuflen, Tannenweg 5**

welcher sich vom 14.02.-17.02.09 in unserer stationären Behandlung befand.

Diagnose: V. a. Zungengrund-Carcinom links mit cervikaler Metastasierung

Therapie: Pandendoskopie mit Probeexcision am 16.02.09 in ITN

Anamnese: Bei seit drei Wochen bestehender Raumforderung links cervikal wurde auswärts eine Punktionszytologie durchgeführt. Die histologische Aufarbeitung zeigte das Vorliegen eines Plattenepithelcarcioms. Negative Alkohol- und Nikotinanamnese. Keine B-Symptomatik.

HNO-Aufnahmebefund: Derber, verschieblicher Knoten links cervikal ca. 3,0 x 3,0 x 3,0 cm groß.

CT-Schädel/Abdomen vom 10.02.09: Filiasuspekte Leberläsion, ca. 1,0 cm groß, am Übergang zum Lobulus caudatus. Bis 15 mm große mesenteriale LK, betont im rechten Unterbauch.

CT-Hals/Thorax vom 09.02.09: V. a. beginnende Lungenfilialisierung im apikalen UL links und im UL rechts.

Ganzkörperskelettszinti vom 12.02.09: Kein Hinweis auf ossäre Filiae.

Herrn Dieter Schnelle, geb. 09.09.1950,
wohnhaft in 32105 Bad Salzuflen, Tannenweg 5

MRT-Hals vom 16.02.09: Dringender Verdacht auf Zungengrundkarzinom links Lymphknotenmetastase in der Ebene 2a auf Höhe des Tumors. Zwei weitere vergrößerte Lymphknoten in der Ebene 4 beidseits.

Verlauf: Ursprünglich erfolgte die Aufnahme des Patienten am 06.02.09 durch die Kollegen der inneren Medizin bei bekannter Raumforderung der linken Halsseite und neu aufgetretener Belastungsdyspnoe. Zum dortigen Verlauf dürfen wir freundlicherweise auf den Entlassungsbrief der Kollegen verweisen. Die Übernahme in die HNO-Klinik erfolgte am 14.02.09 zur Sicherung des Primarius bei dringendem V. a. Halslymphknotenmetastase. Daher führten wir am 16.02.09 die Panendoskopie in ITN durch. Dabei wurden großzügige Probeexcisionen aus dem linksseitigen Zungengrund entnommen. Die übrige Panendoskopie war unauffällig.

Wir haben den Patienten zunächst in Ihre ambulante Weiterbehandlung entlassen. Eine Wiedervorstellung für den 23.02.09 zur Besprechung des abschließenden Histologieergebnis wurde vereinbart. Das weitere Procedere werden wir dann entscheiden und erneut berichten.

Wir danken für die freundliche Überweisung und verbleiben mit kollegialen Grüßen

-Chefarzt-   -Oberarzt-   -Assistenzärztin-

HALS-, NASEN-, OHRENKLINIK
PLASTISCHE OPERATIONEN

Schwerpunkte:
- IMPLANTIERBARE UND KNOCHENVERANKERTE HÖRGERÄTE / COCHLEA-IMPLANTATIONEN
- MIKROCHIRURGIE DES MITTELOHRES / FAZIALISCHIRURGIE
- PAROTIS-CHIRURGIE
- NASENPLASTIKEN / OHRANLEGEPLASTIKEN
- SCHÄDELBASIS- und ORBITA-CHIRURGIE
- KOPF-HALS-TUMORCHIRURGIE

N/ Herrn Dr. med.

23.02.2009

Sehr geehrte Herren Kollegen

herzlichen Dank für die freundliche Vorstellung von

Herrn Dieter Schnelle, geb. 09.09.1950,
wohnhaft in 32105 Bad Salzuflen, Tannenweg 5

welcher am 23.02.09 in meiner Sprechstunde gesehen habe.

Wir verweisen auf den Brief vom 17.02.09. Der Patientin erschien in unserer Ambulanz am 23.02.09. Er war zur Besprechung der Histologie und des weiteren Procedere nicht bereit und bat um Mitgabe der histologischen Befunde. Wir empfehlen eine Vorstellung in unserer Strahlenklinik, da wir eine kombinierte Radio- Chemotherapie als sinnvoll erachten. Wir bitten um Organisation durch den Hausarzt.

Wir danken für die freundliche Zuweisung und verbleiben mit kollegialen Grüßen

-Chefarzt-   -Oberarzt-   -Facharzt-

Schon während meines Aufenthaltes im Chaosschuppen und auf Grund der unkoordinierten, zähen Diagnostik sowie der in homöopathischen Dosen an mich weitergegebenen Informationen hatte ich begonnen, mich mit meinem Freitod auseinanderzusetzen. Häppchenweise wurde mir offeriert, dass mein Körper voller Metastasen sei; im Magen, der Leber und der Lunge hatten die Ärzte des Chaosschuppens aus den Aufnahmen (Röntgen, Ultraschall, CT) diese angeblich gesichtet, ohne dass der Bastard, der meinen Hals besudelt hatte, zu diesem Zeitpunkt entdeckt oder gar lokalisiert war.

Mir war klar: Vor dem Hintergrund dieser Ergebnisse würde ich keine Folter über mich ergehen lassen, nur um ein paar Monate länger dahinzuvegetieren. Wie aussichtslos meine Lage auch von den Ärzten in dem Chaosschuppen beurteilt wurde, zeigt folgende Episode, als mich der Chefarzt der Inneren Abteilung untersuchte: Er stellte mir dramatisch dar, wie ernst meine Lage war. Auch wenn man den Haupttumor noch nicht entdeckt habe, die aufgefundenen Metastasen seien absolut erschreckend. Ich war ihm wohl zu wenig schockiert, denn bei einer Probenentnahme aus meiner exponierten Halslymphdrüse war er nicht gerade zimperlich. Heute weiß ich, dass allein dieser Vorgang, mit einer Nadel von außen in eine metastasierte Lymphdrüse zu stechen, um an Probenmaterial heranzukommen, mit Sicherheit nicht dem heutigen medizinischen Wissensstand entspricht. Für mich war das eine Körperverletzung, denn dadurch hat er einen Vasallen des Bastards geweckt. Von nun an quälte mich bis zur Entfernung dieser Lymphdrüse ein lästiger Schmerz, der mich gegen meinen Willen immer an diesen Wichtigtuer erinnerte. Ich weiß noch, wie dieser Schwachmat mir zwischen Tür und Angel hinterherrief, ich sollte das alles mal ernster nehmen. Mit so einer Diagnose sollte man nicht spaßen.

Der Urbastard in meinem Körper war indes immer noch nicht gefunden. Für den letzten Tag meines Aufenthaltes im Chaosschuppen war geplant, mir die fette Lymphdrüse unter Vollnarkose zu entfernen. Die Hirnis im Chaosschuppen glaubten nämlich mittlerweile, es handele sich um Morbus Hodgkin (Lymphdrüsenkrebs). Denn natürlich hatte dieser behämmerte Versuch, aus meiner fetten Lymphdrüse Proben zu entnehmen, nicht genügend aussagekräftiges Material gebracht. Kurz vor dem Eingriff entschloss man sich dann, doch noch ein MRT vom Hals und vom Kopf aufzuzeichnen. Super: Nach zehn Tagen muss dann doch noch einer dieser Mutanten diese Idee gehabt haben. Im Vorraum des Operationssaales wurde mir dann jedenfalls mitgeteilt, die Lymphdrüse bleibe erst mal drin, sie hätten beim MRT etwas gesehen, eine sogenannte Raumforderung, hieraus würden sie jetzt ein paar Proben entnehmen.

Da sag noch einer, denen im Chaosschuppen mangele es an Spontaneität und Geistesblitzen. – Endlich war der Urbastard in mir lokalisiert und identifiziert; die Ärzte nennen diesen Bastard: *Plattenepithelkarzinom*. Eine Anamnese, warum dieser Bastard sich bei mir eingenistet haben könnte, brachte nichts. Typisch fand ich die Ignoranz der Ärzte. Stereotyp wurde bei der Anamnese ein Fragenkatalog abgearbeitet: Rauchen, Alkohol, Schadstoffe am Arbeitsplatz etc. Nicht einer von diesen Klinikärzten ging auf meine Erklärung ein, dass ich vor rund 30 Jahren eine unerklärliche Entzündung im Zungengrund hatte, genau an der Stelle, an der es sich der Bastard nun gemütlich gemacht hat. Sie war nicht mit Antibiotika behandelbar, und es musste operiert werden. Hat aber keinen interessiert. Was man nicht kennt, kann nicht sein, und außerdem gibt's auf dem Fragebogen auch keine entsprechende Spalte.

Es ist Zeit zu gehen –
Die ersten Planungen

Schon lange vor meiner Erkrankung war mir klar, dass ich nicht um jeden Preis leben wollte. Meine Definition eines lebenswerten Lebens ist eng und eindeutig. Ich habe immer sehr körperbetont gelebt. Mein Körper war, solange ich denken kann, in allen Lebensabschnitten eine super funktionierende Maschine. Ich kann behaupten, dass ich psychisch und physisch mit mir völlig im Reinen gelebt habe. Für mich wird es niemals nur eine Seite geben. Mir war immer klar, dass ich auch ohne Schmerzsymptome mein Leben beenden werde, wenn ich anfinge, dement zu werden oder mein Körper sich nicht mehr aus eigener Kraft bewegen könnte. Ich würde schon bei den ersten Anzeichen die nötigen Vorbereitungen treffen. Ich habe jedoch die Rahmenbedingungen in diesem P-Staat einfach unterschätzt.

Meine erste Idee für meinen „Freitod" – ich werde dieses Wort jetzt immer benutzen, da es die diskriminierende Bezeichnung „Selbstmord" oder den medizinisch verbrämten Begriff „Suizid" ersetzt und deutlicher darstellt, welches Recht ich für mich einfordere – meine erste Idee war es also, zwei Gramm „H" zu besorgen. Meine Reste sollten verbrannt und auf einer Streuwiese verteilt werden. Kostengünstig und, wie ich anfänglich glaubte, auch effizient. Ich wusste aber auch, dass es durchaus Risiken gibt, die durch gepanschtes „H" gegeben sind, und dass der Tod nicht unbedingt sicher und schon gar nicht sichtbar eintritt. Ich war mal dabei, als jemand scheinbar rüberging. Der hat sich dann wieder gefangen. War echt erschreckend. Da mir zu diesem Zeitpunkt noch keine besseren Alternativen bekannt waren, sollte es so laufen:

Erst gut anfixen, dann den Rest.

Uschi war immer und aktuell involviert. Sie stand zu 100 Prozent hinter mir und akzeptierte meine Entscheidung voll und ganz. Für mich ist übrigens das wahre Liebe – nicht etwa die egoistischen Versuche scheinheiliger Lebenspartner, die ihren betroffenen Partner vollsülzen, sich in den medizinischen Folterkammern langsam töten zu lassen. Egal, wie aussichtslos die Diagnose ist, diese Selbstdarsteller profilieren sich über das Leiden ihrer Partner. In vielen Büchern und Autobiographien, die irgendeine dieser verfickten letalen Krankheiten thematisieren, kann man das wunderbar nachlesen. Das alles wird dann noch als altruistisches Mutmachen verkauft. Die volle Bandbreite dieser verkommenen Liebesbeweise kann man im Internet in den einschlägigen Foren gut verfolgen. Wenn da etwa Bärbel U. aus X. von ihrem Kuschelbären berichtet, dem jetzt neben dem fast gesamten Magen zwei Drittel des Dünndarms entfernt werden müssen. Der Dickdarm ist schon lange auf'm Müll, ein Lungenflügel wurde schon entfernt, jetzt soll auch noch fett an der Leber rumgesäbelt werden. Bestrahlung und Chemo sind natürlich volle Kanne gelaufen, und sie prahlt damit, wie mutig doch ihr Kuschelbärlein ist, und dass das natürlich auch ihr Verdienst ist, denn sie hat ja mit ihm gelitten und ihn ständig motiviert, ja ihren Kuschelbären so aufopfernd gepflegt, natürlich vollkommen uneigennützig, denn die paar Euro Pflegegeld sind ja sowieso 'n Witz, selbstverständlich wird sie ihn, solange sie kann, zu Hause pflegen, nur wenn nichts mehr geht, wird sie ihn schweren Herzens in ein Hospiz geben. Darauf schildert eine Martha S. aus Y. plastisch, wie ihr starker Brummel doch schon so oft aufgeben wollte, sie ihn aber immer wieder überzeugen konnte weiterzumachen, und wie er es nun tapfer erträgt, dass neben dem Kehlkopf und großen Teilen der Zunge auch noch der linke Unterkiefer total entfernt wird, und dann sind da natürlich noch die Metastasen auf Lunge und Leber, an die man als Nächstes ran muss, und auch hier wird sie weiter die nötige Motivations- und Überzeugungsarbeit leisten, die Grundlage dafür, dass ihr starker Brummel es so weit geschafft hat. – Diese völlig verblödeten Tussen haben damit zum ersten Mal in ihrem Leben etwas, wovon sie glauben, dass es sie interessant macht, und daneben auch noch einen Fuß in der Tür dieses Gesundheitswesens, das ihnen in Form des Pflegegelds etwas vom Kuchen abgibt.

Meine Frau, die Uschi, hat nur eine Bitte. Sie möchte bei meinem Tod dabei sein, und sie möchte einen Platz, an dem meine Asche vergraben wird und an dem auch ihre Überreste eines Tages vergraben werden. Der Wunsch nach diesem Platz ließ sich schnell realisieren.

Wir haben in einem Friedwald einen Baum gekauft. Da Bäume für uns ohnehin immer eine große Faszination ausgestrahlt haben, war die veränderte Situation für mich schnell akzeptabel. Mittlerweile war ich schon ein paar Mal an diesem Baum, und irgendwie finde ich es auch völlig okay (beruhigend auch für die religiösen Eiferer und die verlogenen Pfaffen: Dieser „Selbstmörder" wird euren Friedhof nicht besudeln).

Auf der Suche nach einem sicheren Freitod, bei dem es für Uschi zumutbar ist, dabei zu sein, bin ich auf ein Mittel gestoßen: NaP, Natrium-Pentobarbital, ein Barbiturat – auf keinen Fall verwechseln mit Phenobarbital! NaP (oder auch: „Pento") wurde noch bis in die 1990er Jahre als Schlaf- und Beruhigungsmittel von den Ärzten verschrieben. Heute ist dieses Mittel de facto vom Markt genommen worden. Vordergründig wegen seines hohen Suchtpotentials. Aber der tatsächliche Grund dürfte gewesen sein, dass es sich hier um das nachweislich humanste Mittel für einen Freitod handelt. In einigen Ländern, die anders als dieser P-Staat den Freitod als Menschenrecht akzeptieren, wird es eingesetzt. Auch dann, wenn wir die Rolle einer gütigen, barmherzigen und wirklich liebenden Instanz einnehmen und unsere Tiere von ihrem Leiden erlösen, kommt dieses Mittel zum Einsatz. NaP ist mittlerweile nicht nur in Deutschland, sondern auch in ganz Europa schwieriger zu bekommen als alle Drogen zusammen. Du kannst dir eher eine Kalaschnikow besorgen als die erlösenden 10 bis 15 Gramm NaP. (Letztere Menge ist für die Sicherheitsfanatiker, erstere sollte absolut reichen). Ich habe eine Reihe von Kontakten gehabt und neue aufgetan. Ob Polen, Ukraine oder die Türkei, nichts zu machen. Du kannst an Drogen, Waffen, selbst an Menschen haben, was du willst. NaP ist nicht dabei. Ich hatte ein einziges Angebot: zehn Gramm für 5.000 Euro, allerdings ohne jegliche Garantie auf Echtheit und Verfallsdatum. In Deutschland darf ein Arzt dieses Mittel nicht mal über BtM-Rezept verordnen. Es ist nur für den Praxisgebrauch erlaubt. Das heißt: Selbst mit einem gefakten BtM-Rezept würdest du in einer Apotheke statt zehn Gramm NaP nur ein paar Bullen im Doppelpack bekommen.

Weltweit gibt es ein paar Länder, in denen angeblich noch die Möglichkeit besteht, NaP teilweise noch ohne Rezept oder aber auch mit einem einfachen Rezept über einen Veterinärshop oder eine Apotheke zu besorgen. Wie lange diese Möglichkeit zum Beispiel in Mexiko, Peru, Bolivien, Kolumbien, Thailand oder China noch offen ist, ist schwer vorherzusagen. Denn weltweit gibt es eine Menge vergleichbarer P-Staaten, die ihre Staatsbürger ähnlich bevormunden wie Deutschland. Und es gibt auch in diesen Staaten viele Menschen, die einen Freitod suchen, der ihren Ansprüchen gerecht wird. Wenn du mit NaP erwischt wirst, musst du damit rechnen, wie ein Großdealer behandelt zu werden. Dein Zeug wird beschlagnahmt, und du wirst strafrechtlich verfolgt. Ich hätte da 'ne Geschäftsidee für alle, die bisher nur die übliche Palette wie Drogen, Waffen, Frauen oder Kinder im Angebot haben. Auch mit NaP könntet ihr eine Stange Geld verdienen (Einkaufspreis zehn Gramm rund 25 Euro, Schwarzmarkt 2.000 bis 4.000 Euro, geht doch, oder), und es hätte den Vorteil, dass ihr mal etwas Gutes macht.

Bei meiner Suche nach einem Freitod in Würde bin ich recht schnell auf *Dignitas* gestoßen.

Dignitas ist eine Schweizer Organisation mit einer Dependance in Deutschland. Es ist weltweit die einzige Organisation, die auch Ausländern die Möglichkeit eines würdevollen Freitodes ermöglicht. Ich habe Dignitas, den Vorsitzenden Herrn Minelli und alle anderen meiner Ansprechpartner als absolut integer, hilfsbereit und sehr einfühlsam erlebt (s. Hinweis im Anhang).

Uschi und ich haben unsere Mitgliedschaft erklärt, anschließend habe ich mir die Unterlagen für einen begleitenden Freitod zusenden lassen. Da mein Wunschfreitod mit NaP in der eigenen Wohnung wegen der fast unmöglichen Beschaffung für mich nicht realisierbar schien, war die Lösung über Dignitas für mich eine Alternative, auch wenn die – für mich durchaus nachvollziehbaren – Kosten in Höhe von circa 7.500 Euro nicht unerheblich sind.

Mein Hausarzt, seine Skepsis und die verschissenen 40 Prozent

Nachdem ich schriftlich Kontakt aufgenommen hatte, bekam ich einen Anruf von einer Dame von Dignitas aus der Schweiz. In einem sehr angenehmen Gespräch wurden alle notwendigen Regularien noch einmal besprochen.

Ich sandte alle erforderlichen Unterlagen an Dignitas. Es hat sich gezeigt, dass die Organisation sehr, sehr behutsam und kritisch mit dem Wunsch auf eine Freitodbegleitung umgeht. Dies hat mich veranlasst, neben den Untersuchungsergebnissen und der daraus resultierenden Prognose mit meinem Hausarzt zu sprechen. Mein Wunsch war es, dass er mir die infauste Prognose des Chaosschuppens schriftlich bestätigen sollte. Ich kenne meinen Hausarzt seit rund 15 Jahren. Als ich ihn kennenlernte, war er als Stationsarzt in der Klinik „Rosenhöhe" in Bielefeld tätig. Ursache für diesen Klinikaufenthalt waren meine damaligen Darmprobleme, immer noch eine Folge der verpfuschten Blinddarmoperation von 1962.

Ich traf meinen Hausarzt, den ich nun Bernd nennen will, dann wieder, als er seine Praxis als niedergelassener Arzt eröffnete. Ich war einer seiner ersten Patienten. Ich habe Bernd alles erzählt. Von der Unmöglichkeit, an NaP zu kommen, und von der Alternative Dignitas. Ich habe das niemals mit dem Hintergedanken getan, ihn damit indirekt zu bitten, etwas für mich zu tun – in einem sehr langen Gespräch; wieder mal ein Gespräch, wieder mal ein Engagement, das sich finanziell für Bernd nicht gerechnet hat. Ich habe mir mal die Mühe gemacht und ein beliebiges Quartal des Jahres 2009 herausgesucht, dabei die Zeit ausgerechnet, die Bernd für meine Behandlung aufgebracht hat. Das waren in drei Monaten: über fünf Stunden, dreimal Labor, zweimal Ultraschall, EKG, Belastungs-EKG, circa acht Telefongespräche mit den Fachkollegen oder den Ärzten aus den

Kliniken etc. – Ich erwähne das, weil es für den weiteren Verlauf meiner Erkrankung und die Rolle, die Bernd dabei spielt, wichtig ist.

Ich habe Bernd also alles erzählt. Er sagte mir dann, er sei grundsätzlich bereit, eine zweite ärztliche Meinung abzugeben. Allerdings sei er nach wiederholtem Lesen des Berichtes und verschiedenen Anrufen in den Städtischen Kliniken Bielefeld zu der Auffassung gelangt, dass die dort getroffenen Aussagen anhand der Untersuchungsergebnisse nur hinsichtlich des Plattenepithelkarzinoms im Zungengrund seriös und sicher seien. Alle Aussagen zu den Metastasen seien nicht zu 100 Prozent bewiesen und teilweise auch nicht schlüssig. So beurteilte er die diagnostizierte Lebermetastase eindeutig als einen Leberfleck, den er bei mir schon vor vielen Jahren festgestellt hat. Bernd hat mich gebeten, noch ein MRT bei einem Radiologen vor Ort machen zu lassen. Sollten hier die Aussagen der Ärzte aus den Städtischen Kliniken Bielefeld bestätigt werden, würde auch er mir schriftlich die Ergebnisse und die daraus resultierenden Auswirkungen bestätigen. Wir besprachen auch, wie ich reagieren wollte, sollte es keine Fernmetastasen geben. Ich ließ das noch offen. In der Tendenz hielt ich aber für mich die Möglichkeit einer Behandlung offen, solange es die realistische Chance einer kurativen Behandlung gäbe. Bernd erklärte mir, dass wir dann auch durchaus wieder von einem solchen kurativen Behandlungsansatz sprechen würden. Ohne Fernmetastasen liegen die rein statistischen Werte einer Überlebenschance von fünf Jahren, vor dem Hintergrund der histologischen Auswertung der entnommenen Proben, bei rund 40 bis 50 Prozent. Ich habe dieses Thema zu diesem Zeitpunkt noch nicht vertiefen wollen. Denn auch an eine Operation und eine anschließende radiologische und Chemotherapie habe ich den Anspruch, dass sie mir im Anschluss ein Leben nach den von mir gesetzten Standards ermöglichen.

Nun ging alles sehr schnell. Das MRT bestätigte die Fernmetastasen nicht. Allerdings wollte der Radiologe seine Kollegen vom

Chaosschuppen nicht in die Pfanne hauen ... so ist das mit den Krähen. Er gab zu bedenken, dass das CT des Chaosschuppens seinem MRT in der Schärfe überlegen sein könnte. Er empfahl ein weiteres bildgebendes Verfahren.

Sehr geehrte Kollegen,

besten Dank für die freundliche Überweisung Ihres Patienten

Dieter Schnelle * 09.09.1950

Kernspintomographie des Abdomens vom 12. und 16. März 2009

Indikation: Verdacht auf Plattenepithelkarzinom der Lunge, sonographisch unklare Leber.

Technik: Koronar und transversal T1- und T2-gewichtet. T1 vor und nach Gadolinium.

Befund: Homogenes Signalprofil von Milz und Leber. Pancreas normal groß und regelrecht lobuliert. Normal große Gallenblase ohne Signalaussparungen. Seitengleiche und zeitgerechte Anflutung des Kontrastmittels in den Nieren, ungehinderte Ausscheidung. Hohlorgane ohne Auffälligkeiten. Signalreiche Darstellung des mesenterialen Fettgewebes. Harnblase scharf berandet und ohne Füllungsdefekte. Inneres Genitale unauffällig. Normalbefund der Bauchdecken und des übrigen muskuloskelettalen Systems innerhalb des Untersuchungsgebiets. An der linken Beckenwand findet sich ein ovaläres Flüssigkeitssignal mit ca. 4 cm Durchmesser in der Hauptachse.

Beurteilung: 1. Flüssigkeitsansammlung an der linken Beckenwand, Herkunft unklar, kein Hinweis auf eine maligne Komponente.
2. Vorbeschriebene rechts mesenteriale Lymphknoten MR-tomographisch nicht nachvollziehbar.

Empfehlung zum Procedere: Beschaffung der Originalbilder, gezielte Nachuntersuchung mittels CT.

Bildauswahl der heutigen Untersuchung anbei.

Mit freundlichen kollegialen Grüßen

Bernd wollte es nun genau wissen. Er organisierte einen Termin für ein PET/CT in der Uniklinik in Münster. Bei einem PET/CT handelt es sich um zwei Verfahren in einer Untersuchung, an der auch zwei unterschiedliche ärztliche Fachrichtungen beteiligt sind. Zum einen die Radiologen, zum anderen die Nuklearmediziner. Termine für ein PET/CT waren zu diesem Zeitpunkt (März 2009) für einen Kassenpatienten nur äußerst schwierig zu bekommen. Wartezeiten von drei Wochen waren schon ein Glücksfall. Noch vor zwei Jahren stand diese Untersuchung nur Privatpatienten zur Verfügung. Der Bericht vom PET/CT war dann circa 14 Tage nach der Untersuchung da. Ich wusste, dass etwas passiert war, denn Bernd war zweimal persönlich auf meinem Anrufbeantworter. Um es abzukürzen: Durch das PET/CT konnten die angeblichen Fernmetastasen nicht bestätigt werden.

WESTFÄLISCHE
WILHELMS-UNIVERSITÄT
MÜNSTER

Universitätsklinikum Münster ♦ 48149 Münster

UKM
Universitätsklinikum
Münster

Poliklinik

-hier-

48129 Münster

Münster, 15.04.2009/FMA

Betr.: Schnelle, Dieter   **geb.: 09.09.50,f**

Sehr geehrte Damen und Herren,

Anamnese:
Fragestellung: Pat. mit histologisch gesichertem Oropharynx-Ca mit cervikaler Metastase. In der auswärtigen Bildgebung wurde der V.a. eine pulmonale und hepatische Metastasierung gestellt. Erbitte Staging.

Befund:
Es liegen keine VA zum Vergleich vor.

Bei bekanntem Pharynxkarzinom und der bekannten zervikalen Metastasierung zeigt sich caudal des linken Kieferwinkels eine 2,5 x 3 cm große Raumforderung mit deutlicher Stoffwechselaktivität (SUV 7,5 bei einem Referenzwert der Leber von 4,1). Weiter caudal zeigt sich im Bereich des Zungengrundes linksseitig eine deutliche Mehranreicherung, diese misst aktuell 1,9 x 1,9 cm. Hierbei handelt es sich am ehesten um ein Lokalrezidiv. Eine weitere, ausgeprägte Mehranreicherung zeigt sich linksseitig der Schilddrüse. Diese misst 2,1 x 2,1 cm und zeigt einen SUV von 6,8.
Im Bereich des Thorax und des Abdomens zeigen sich keine pathologischen erhöhten Stoffwechselaktivitäten. Die Lunge zeigt keine weiteren, suspekten Rundherde. Pulmonal zeigt sich jedoch ein mäßiges Emphysem. Das Mediastinum kommt regelrecht ohne Anhalt für vergrößerte Lymphknoten zur Darstellung. Die Axillen imponieren unauffällig. Die parenchymatösen Oberbauchorgane kommen unauffällig zur Darstellung. Kein Anhalt für

vergrößerte Lymphknoten paraaortal oder inter aortokaval. Unauffällige Leistenregionen. Dokumentation unauffälliger altersentsprechender ossärer Strukturen.

Beurteilung:

In Zusammenschau der Befunde zeigt sich bei einer bekannten zervikalen Metastasierung ausgehend von einem Oropharynxkarzinom und eine eingeschmolzene Lymphknotenmetastase linksseitig der Schilddrüse. Darüber hinaus zeigen sich weitere pathologische Stoffwechselaktivierungen unmittelbar caudal des linken Kieferwinkels sowie im Bereich des Zungengrundes linksseitig.

Mit freundlichen Grüßen

(Assistent IKR)   (FA IKR)   (OA Nuklearmed.)

Bernd hat dann noch mal mit den Kollegen in Münster gesprochen. Auf einen Termin für ein Beratungsgespräch dort sollte ich noch einmal 14 Tage warten. Bernd schlug dann vor, dass ich doch als Privatpatient bei dem Professor der HNO-Abteilung einen Termin vereinbaren sollte. Die Kosten müsste ich dann allerdings selbst tragen. Da ich finanziell dazu in der Lage war, habe ich die Möglichkeit, die übrigens jedem offensteht, der über die nötige Knete verfügt, genutzt. Scheiße nur für alle, die das finanziell auch in solchen Ausnahmesituationen nicht schultern können. Ich habe allerdings auch nicht erwartet, was da als Privatpatient möglich ist. Ich rief am Mittwoch im Sekretariat des Professors an, teilte mein Anliegen mit und hatte am Freitagmorgen einen Termin beim Professor. Bei der Eingangsuntersuchung und ersten Informationen durch einen Assistenzarzt fragte ich diesen dann, wann denn ein OP-Termin zu bekommen sei, falls ich mich nach dem Gespräch mit dem Professor dazu entschließen sollte. Die Antwort war, dass ich damit rechnen könne, in zwei bis drei Wochen operiert zu werden.

Das Gespräch mit dem Professor war sachlich. Alle meine Fragen wurden eigentlich zu meiner Zufriedenheit beantwortet. Der Professor garantierte mir, dass meine Zunge ganz bleibt, dass ich auch nach der Operation normal werde reden können, nach anfänglichen Schluckproblemen werde sich auch die Nahrungsaufnahme wieder normalisieren. Auswirkungen der Radio-Chemotherapie könnten allerdings den operativen Behandlungserfolg wieder schmälern. Ob das dann auf Dauer sein würde und wie umfänglich, das sei individuell höchst unterschiedlich. Nach seiner Aussage hätte ich jedoch, bei einer Fünf-Jahres-Überlebensrate von rund 40 bis 50 Prozent, durchaus eine Chance, wenn ich mich möglichst bald entschiede, mich operieren zu lassen, und anschließend das volle Folterprogramm aus Chemo- und Strahlenmisshandlung über mich ergehen ließe. Ich fragte ihn, wann ich denn, falls ich mich in Münster operieren ließe, einen Termin haben könnte. Da ich ja Mitglied in einer gesetzlichen Krankenkasse sei, könne er von hier zu diesen Terminen nichts sagen. Da müsste ich erst noch mal mit dem Stationsarzt reden und über diesen einen Termin vereinbaren. Zur Erinnerung: Der Stationsarzt hatte von rund drei Wochen gesprochen. Ich fragte dann, wie es sich verhalte, wenn ich die Operation privat abrechnen ließe, und ob es möglich sei, nur die OP als Privatpatient abzurechnen. – Grundsätzlich sei das möglich. – Ich fragte, wie teuer das ungefähr würde und ob er dann diese OP selbst durchführe. Er meinte, circa 3.500 bis 4.000 Euro müsste ich einkalkulieren. Dann würde er operieren. Wie denn sein Zeitplan aussehe, fragte ich als Nächstes. Er öffnete daraufhin die Bürotür zu seiner Sekretärin und fragte nach einem Termin für Montagvormittag (noch mal zur Erinnerung, es war Freitagmittag). Die Sekretärin sagte, das gehe nicht, da er doch auf einer Veranstaltung sei. Okay, meinte er dann, machen wir es am Dienstag. – Sie kommen am Montagmorgen zur Aufnahme. Dienstagmorgen ist die erste OP, circa 14 Tage später nehmen wir uns die rechte Seite vor. Alles Weitere solle ich mit seiner Sekretärin besprechen. Ich stand dann ziemlich geplättet im Vorzimmer, hatte das ja nicht mit Uschi besprochen, denn 4.000 Euro sind auch nicht von Pappe. Auch wusste ich plötzlich nicht mehr oder noch nicht, ob ich mich überhaupt operieren lassen wollte mit all den Folterungen, die damit zusammenhingen. Die Sekretärin war sehr nett, erklärte mir noch einmal alles. Da ja nur die OP privat abgerechnet werde, solle ich bitte noch eine Einweisung mitbringen und die Versichertenkarte – und außerdem, ganz wichtig, bitte die 4.000 Euro, unbedingt in bar, am Montagmorgen bei ihr einzahlen. Alle, die mich bis hierhin vorschnell in die Schublade eines spontanen Selbstmörders packen wollten, sollten spätestens jetzt bemerken, dass ich meinem Leben schon ein Chance gebe. Nur nicht um jeden Preis.

Das Wochenende war eine Mischung aus Hoffnung und Zweifel; einfach absolute Scheiße.

Uni-Klinik Münster:
Verstümmelung und Freiheitsberaubung; Schmerzen, Wut, Hass und Ohnmacht

Die Aufnahme und die Vorbereitungen zur ersten OP liefen reibungslos. Ich erlebte am eigenen Leib die Vorzugsbehandlung eines Privatversicherten. Da war beispielsweise das vorbereitende Gespräch mit einem Anästhesisten. Vor der Anmeldung rund 20 Stühle, alle besetzt, dazu mindestens ein halbes Dutzend stehender Patienten. Ich sollte mit einer Wartezeit von zwei bis drei Stunden rechnen. Dann ein Blick auf meine Einweisung: Ah, privat, bitte gehen Sie doch den dritten Gang rechts und melden sich dort. Der Warteraum: schick, und vor allem: leer. Zwei Minuten nach meiner Anmeldung bei der Sekretärin saß ich vorm Chefarzt. Rund zehn Minuten später ging ich an den verarschten Kassenpatienten vorbei. Es war mir peinlich. Verwirrung brachte mein Versicherungsstatus. OP private Abrechnung, alles andere Kassenpatient. Nach meinem Krankenhausaufenthalt wurde ich dann mit Rechnungen überhäuft. Nach einem zermürbenden, zeitaufwendigen Klärungsmarathon konnte die Sache aber bereinigt werden.

Die erste OP verlief ohne Komplikationen. Am meisten zu knacken hatte ich an der Tracheoflex. Nicht sprechen zu können machte mich hilflos und später ohnmächtig vor Wut. Auf Grund einer Anomalie war man gezwungen, mir eine Tracheoflex zu setzen, die eigentlich im Querschnitt zu klein war. Die ersten zwei Tage auf der Beobachtungsstation waren für mich eine Monstertortur. Ich bekam nicht ausreichend Luft. Immer wenn ich einschlafen wollte und aktiv aufhörte zu atmen, schreckte ich nach kurzer Zeit mit einem Erstickungsgefühl auf. Der zuständige Pfleger, ein Riesenarschloch, meinte lapidar und völlig desinteressiert, das sei mit der Tracheoflex so üblich. Erst am nächsten

Tag versuchte ein Arzt eine größere Tracheoflex zu setzen. Alle schmerzhaften und ekeligen Versuche scheiterten jedoch, und zuletzt war er froh, dass er wenigstens das alte Gerät wieder einsetzen konnte. Dieser Zustand der ständigen Luftnot führte bei mir zu Herzrhythmusstörungen, einem Vorhofflimmern. Wieder war es das Riesenarschloch, das meinte, da sei nichts. Ich habe dann ein paar Stunden später die Chance genutzt und die Hand einer Krankenschwester auf meine Brust gezogen. Die atypischen Galoppsprünge meiner Pumpe hätten auch einem Amputierten mit einer Holzprothese nicht entgehen können. Nun ging alles ganz schnell. Ein EKG wurde erstellt, ein Medikament gespritzt und ein Blutdruckmedikament als Dauerindikation verordnet. An meiner Luftnot änderte sich erst einmal nichts. Unmittelbar nach Münster habe ich die Scheiße wieder abgesetzt. Alles okay, nur für die Pharmamafia nicht.

Nach zwei Tagen kam ich wieder auf die normale Station. An dieser Stelle will ich nicht unerwähnt lassen, dass außer dieser Gummibirne auf der Übergangsstation alle, wirklich alle Schwestern und Pfleger dort eine gute Arbeit gemacht haben. Natürlich war es so, dass mit einigen die Chemie besser stimmte, aber alle hatten immer Zeit und waren sehr hilfsbereit. Zu den Ärzten komme ich später.

Um meine Atemnot zu lindern, spritzte man mir dann Cortison. Ich hätte vor Freude heulen können, als ich spürte, wie die zurückgehende Schwellung es mir erlaubte, mehr Sauerstoff aufzunehmen, und meine Luftnot sich merklich reduzierte. Der Heilungserfolg nach dieser ersten OP war nicht nur für die Ärzte zufriedenstellend. Auch ich war guter Dinge. Als dieser verschissene Riesenstrohhalm aus meinem Körper entfernt war, war ich, falls das in so einem Zustand möglich ist, glücklich. Ich bekam sehr gut Luft und konnte wieder kontrolliert aus meinem Mund rotzen, statt bei einer Hustenattacke meinen dunkelbraunen klebrigen Schleim über zwei oder drei Meter unkontrolliert an die Wand zu kotzen. Oder, was noch unangenehmer war, das

Pflegepersonal beim Säubern dieses Behelfszuganges mit meinen Sabber einzudecken. Natürlich war auch dann nicht alles super. Ich war ziemlich schlapp, und als ich das erste Mal versuchte, eine Suppe zu essen, war ich anschließend total frustriert. Erst ließ es sich gut an. Die Suppe fand ihren Weg, ich glaubte sogar zu spüren, wie sie in der Speiseröhre warm und angenehm ihren Weg in meinen Magen fand. Dann kam der Schock. Plötzlich wurde es mir am Schwanz und an den Eiern feucht. Ich zupfte mein T-Shirt raus und bemerkte die Scheiße. Die gesamte Suppe war aus dem Loch, in dem vorher dieser Strohhalm gesessen hatte, herausgelaufen. Nicht, wie ich geglaubt hatte, von innen, sondern von außen war sie warm und angenehm an meinem Bauch heruntergelaufen. Erst als sie meinen Sack erreicht hatte, hatte ich dann bemerkt, hier gehört die irgendwie nicht hin, jedenfalls nicht so schnell. Der Schock saß. In abgespeckter Form passierte mir das in den nächsten Tagen immer mal wieder. Insgesamt hatte ich aber ein gutes Gefühl. Die schwerere OP hatte ich hinter mir. Bei der zweiten OP sollte nur eine Nachkontrolle des Zungengrunds erfolgen und eine kleine Neck-Dissection: Nur 6 statt 22 Lymphknoten sollten entfernt werden. Vor allem hatte ich die Zusicherung des Profs: keine Tracheoflex nach dieser OP.

Die Vorbereitungen zur zweiten OP verliefen wie gehabt. Der Eingriff selbst war relativ kurz. Ich wachte auf meinem Zimmer auf. Mein erster Griff ging zum Hals. Keine Tracheoflex. Beruhigt wieder eingeschlafen. Aber nur sehr kurz. Noch ziemlich benebelt wurde ich mit fetten Schmerzen an der rechten Halsseite geweckt. Der Schmerz war so heftig, dass ich nach kurzer Zeit eine Schwester rief. Die telefonierte dann mit einem Arzt, der für mich ein stärkeres Schmerzmittel verordnete. Das Zeug hatte null Wirkung. Der Schmerz wurde unerträglich. Ich spürte einen starken Druck hinter dem Verband. Ich bestand nun darauf, dass sich ein Arzt das mal ansehen sollte. Nach langer Wartezeit, in der ich zwischen Wut, Hass, Angst und zermürbenden Schmerzen hin und her pendelte, kam ein Arzt, der mir erklärte, das sei völlig normal nach so einer OP. Ich teilte ihm mit, dass ich nach der ersten, viel umfangreicheren OP nicht annähernd solche Schmerzen gehabt hätte. Da müsse was faul sein. Aber anscheinend war nicht nur an meinem Hals was faul, sondern der Typ war nicht unbedingt der Eifrigste, oder er stand kurz vorm Feierabend. Er wechselte meinen Verband nicht aus, verordnete nochmals ein Schmerzmittel und verschwand. Ich habe dann noch circa zwei Stunden echt gelitten. Dann war mir alles egal. Ich bestand darauf, dass der Professor kommen und den Verband abnehmen solle, sonst würde ich es selbst machen. Mittlerweile konnte ich meinen Kopf nicht mehr bewegen. Die Schmerzen machten mich rasend. Ich war außer mir. Der Prof kam dann im Anschluss seiner Operationen. Im Schlepptau zwei weitere Ärzte von der Station. Auch die drei meinten erst, da sei mit Sicherheit nichts. Ich sagte dann wörtlich: Macht jetzt diesen Drecksverband ab. Wenn darunter alles in Ordnung ist, bezahle ich diese Aktion „cash". Der Prof ließ daraufhin einen der Ärzte den Verband lösen. Sehr schnell kamen sie dann in Schweiß. Sofort hoch zum OP. Eine innere Blutung hatte bereits ein Hämatom in der Größe eines Gänseeis gebildet. Die Operationsvorbereitungen waren noch mal eine Steigerung zu dem, was ich bisher erlebt hatte. Ein weiterer Arzt oder eine weitere Ärztin musste her, es wurde dann die Stellvertreterin des Profs. Schwieriger gestaltete sich die Suche nach einem Anästhesisten. Bis der gefunden wurde und die Professorin kam, öhlten zwei oder drei Ärzte, wie ich meine, ziemlich orientierungslos an mir herum. Ich hatte bis dahin ja alles mitbekommen, denn außer einer leichten Benebelung durch die fette Dosis an Schmerzmedikamenten war ich völlig klar. Die Ärzte waren sich jedenfalls uneinig, ob sie für meine Beatmung wieder den alten, mittlerweile zum Teil wieder gut zugeheilten Zugang der Tracheoflex nutzen sollten. Ich spürte, wie unsicher der Arzt war, der diesen Weg vorschlug. Einer seiner Kollegen meinte: Wenn du sicher bist, dass das läuft, dann machen wir es so. – Darauf quäkte er mit aufgeregter, unsicherer Stimme: Garantieren kann ich das nicht, aber es müsste gehen. – Schließlich entschlossen sie sich, mir einen superfetten Schlauch durch die Nase direkt in die Lunge zu führen.

Führen ist mit Sicherheit das falsche Wort. Es war unbeschreiblich und der Hinweis des Arztes, jetzt wird es noch mal unangenehm, war etwa so, als erhielte man bei einem sich nähernden Hurrikan den Hinweis, es könnte windig werden. Diese Intubation bei vollem Bewusstsein war der absolute Horror. Ich war froh, als alle Akteure vor Ort waren. Die Narkose war für mich eine Erlösung.

Aufgewacht bin ich dann wieder auf der mir durch die erste OP bekannten postoperativen Beobachtungsstation. Es war bereits dunkel. Was ich als Erstes bemerkte: Ich hatte wieder so ein Scheißteil in meinem Hals. Als ich dann auch noch Gummibirne sah, das Riesenarschloch von meinem ersten Aufenthalt auf dieser Station, wollte ich nur noch nach Hause. Was sich jetzt entwickelte, war für mich ohne Zweifel das Bedrohlichste, das ich jemals in meinem Leben durchlebt habe.

In meiner Jugendzeit hatte ich mal 'ne Schlägerei mit drei besoffenen Fuckis, Soldaten einer Kaserne in der Nähe meines Zuhauses. Wir waren für die Fuckis übrigens Krautfresser. Erst später wurde mir bewusst, aus welchen Faktoren diese gegenseitige Verachtung und Intoleranz genährt wurde. Damals war für uns klar, die Typen waren immer sauer auf uns, weil wir einfach cooler aussahen. Lange Matten, aktuelle Klamotten, geile Partys, guter Stoff garantierten uns die besseren Möhren. Selbst die Töchter ihrer Offiziere gehörten uns, den armen Teufeln blieben nur die deutschen Schlampen, die bei uns nicht gefragt waren. Bei jeder Gelegenheit haben wir unsere gegenseitige Aversion ausgelebt. Eine unserer echten Mutproben war es, über den stacheldrahtbewehrten, 2,50 Meter hohen Zaun auf das Kasernengelände zu gelangen und dann durch die unverschlossenen Luken in ihre Panzer zu scheißen, 3 Jahre später hätten wir wahrscheinlich Blumen in die Mündungen der Rohre gesteckt. Man kann also sagen, die Fuckis waren nicht nur sauer auf uns, die hassten uns. Als ich also diesen drei Besoffenen begegnete, wusste ich, jetzt knallt's. Es war circa zwei Uhr morgens, regnerisch, in einem parkähnlichen, verwilderten Gebiet, das wir Siekerswiese nannten. Weglaufen ging nicht – wollte ich nicht, keine Ahnung, warum ich weiterging. Die ersten Schläge von mir und den Fuckis erfolgten gleichzeitig. Ich wusste, es kam darauf an, ob die relativ neu in der Armee waren und ob sie zu einer Kampfeinheit gehörten. Verloren war diese Nummer für mich so oder so. Die Frage war nur, wie heftig es für mich wurde. Aber vielleicht reichte es denen ja, wenn ich die Fresse dick hatte. Eigentlich war es in meiner Jugend noch so, dass in einen, der am Boden lag, nicht reingetreten wurde. Heute sieht das ja anders aus. Jedenfalls hatten die mich schnell am Boden. Dass ich einem von ihnen sauber die Nase zerlegt hatte, machte sie rasend. Das erste Mal in meinem Leben hagelte es Schläge und vor allem Tritte, als ich längst wehrlos am Boden lag. Ich war zeitweilig völlig weg. Und plötzlich durchflutete mich ein Gefühl der Angst: Die machen dich tot. In diesem Moment hatte ich Todesangst. Total am Arsch, Rippen gebrochen, Jochbein durch, Kiefer angebrochen, unendlich viele Hämatome. In den Morgenstunden war ich zu Hause. Es dauerte rund sechs Wochen, bis ich die Scheiße physisch und auch psychisch weggesteckt hatte. Ich hatte immer geglaubt, einen größeren Albtraum kann ich nicht mehr erleben. Was dann aber in der Uni-Klinik in Münster passierte, hat dieses Ereignis bei Weitem getoppt. Seit diesem Vorfall weiß ich, wozu dieser P-Staat fähig ist und wie rechtlos er seine Bürger behandelt.

Alle die, die diese Zeilen lesen und ansatzweise so denken wie ich, sollten sich das immer vor Augen halten. Solange die Gesetze in diesem P-Staat so sind, wie sie sind, werde ich alle Psychiater und Psychologen so behandeln, wie ich den Pfaffen und Kirchen-vertretern schon lange begegne: mit Missachtung.

Noch ein Tipp an dieser Stelle: Meidet unbedingt die Kliniken, in denen euch von jeder Wand ein von den verlogenen Kirchen missbrauchter Prophet gütig betrachtet. Diese Häuser sind am unerträglichsten. Ihre hinter einer perfiden Ethik versteckten finalen Behandlungsmethoden sind in vielen Fällen unendlich leidvoller als der vergleichsweise gnädige und zeitlich überschau-bare Tod am Kreuz. Das christliche Kreuz ist das am meisten ge-schändete, missbrauchte Symbol, das ich kenne. Ganz aktuell, im März 2010, werde ich in meiner Meinung durch den Skandal um die kinderfickenden und prügelnden Priester sowie die skrupel-losen, dem Machterhalt geschuldeten Verschleierungstaktiken der Verantwortlichen bestärkt.

Wie gesagt, ich hatte die Schnauze voll. Ich wollte nach Hause. Ich war bereit, eine entsprechende Erklärung zu unterschreiben. Gummibirne rief nach langem Hin und Her einen Arzt. Der sagte, das gehe auf keinen Fall. Ich wollte, dass man mir mein Handy vom Zimmer holte, damit ich meine Uschi ansimsen konnte. Das wurde mir verweigert. Erst in den Morgenstunden war eine Schwester bereit, mir das Handy zu holen. Ich schrieb dann Uschi eine SMS, und sie kam sofort. Wir sprachen noch einmal mit einem Arzt, und noch einmal wurde uns erklärt, dass ich auch auf eigene Verantwortung nicht entlassen werden könne, da möglicherweise Lebensgefahr bestehe. Ich könnte ersticken, verbluten und so weiter. Bereits dieser Arzt deutete schon an, dass ich auch gegen meinen Willen in der Klinik festgehalten würde. Alle Alarmglocken gingen bei mir an. Aber ich sagte erst mal nichts mehr. Uschi rief dann gleich nach Praxiseröffnung bei Bernd an und erzählte ihm alles. Bernd meinte, ich solle un-bedingt noch ein paar Tage in der UNI-Klinik bleiben. Dann könnten wir einen Klinikwechsel organisieren. Eine ambulante Versorgung sei in meinem jetzigen Zustand nicht machbar. Von einer selbstbestimmten Entlassung sprach ich dann vorerst nicht mehr. Gegen 10.00 Uhr wurde ich auf mein Zimmer verlegt. Der Stationsarzt sprach noch mal über meinen Wunsch nach Entlassung. Er hat mich wahnsinnig provoziert, als er sich aufspielte und meinte, diese Entscheidung liege bei ihm. Man muss sich die perverse Situation mal vor Augen halten: Ich, durch drei Operationen geschwächt, nur nonverbal interaktionsfähig, und der Typ war auch noch zu blöde, meine Schrift zu lesen, sodass Uschi immer vorlesen musste, was ich meinte. Für mich entwickelte sich das zu einem Machtkampf. Schließlich teilte ich ihm aber mit, dass ich mir die Option, die Klinik zu verlassen, zwar nicht nehmen ließe, aber vor dem Hintergrund meines Gespräches mit meinem Hausarzt wohl doch in der Klinik bliebe. Allerdings sagte ich ihm auch, dass eine SMS genüge, damit mich Freunde abholten. Das war auch zu diesem Zeitpunkt für mich eine sehr reale Option: ein Anruf bei meinem Freund Gregor oder bei den mir ans Herz gewachsenen Jungens aus dem Jugendzentrum, wie zum Beispiel Olli, Stacho, Ratte, Cafer oder Nase, und zwei Stunden später hätten die mich da abgeholt. Der Arzt verzog sich, versicherte sich aber noch einmal, dass ich mich vorerst entschlossen hätte, in der Klinik zu bleiben. Das bekam er von mir schriftlich und von Uschi verbal bestätigt.

Circa eine Stunde später kam ein Psychiater in mein Zimmer. Er wollte nur kurz mit mir sprechen. Auch hier das gleiche Spiel. Ich machte auch ihm deutlich, dass ich aktuell nicht beabsichtige, die Klinik zu verlassen. Aber ich würde mir von niemandem die Option nehmen lassen, das zu tun. Auch dieser Partisan wollte zum Schluss des Gespräches noch einmal bestätigt haben, dass ich doch wirklich dazu tendiere, weiter in stationärer Behandlung zu bleiben. Wieder erklärten Uschi und ich das auf unserer jeweiligen Kommunikationsebene. – Dann kam der Kracher: Wieder circa eine Stunde später standen zwei Krankenpfleger und ein Wachmann in meinem Zimmer. Ich wurde verlegt auf eine geschlossene Abteilung in der Psychiatrie. Der Hurensohn von Psychiater war nicht zu sehen. Der Drecksack von Stationsarzt meinte, das sei erst mal nur für einige Tage. Die Ereignisse überschlugen sich: Anruf bei Bernd. Bernd spricht mit dem Drecksack, der garantiert ihm, dass ich auch als Frischoperierter in der Psychiatrie optimal versorgt würde. Anruf bei einem uns bekannten Anwalt: Der macht Druck, binnen 24 Stunden soll ich einem Richter vorgestellt werden. So lange sind ihm die Hände gebunden, da die Einweisung nach PsychKG erfolgt. – Jetzt habe ich Angst. Ich merke, dass Uschi panisch wird.

Man gestattete Uschi, im Krankenwagen mitzufahren. Schon die kurze Fahrt in die Psychiatrische Klinik war eine Quälerei. Die Wegstrecke war kurvig und bedingt durch ein Kopfsteinpflaster dachte ich kurz an „Paris–Roubaix." Ich dachte, mir fault der Hals ab. Die Schmerzen waren irre. Was, wenn die Scheiße wieder drauflos suppt? Ich war am Ende. Ich wurde in ein Zweibettzimmer gelegt. Der Typ, der hier schon untergebracht war, lächelte mich blöde an und schwafelte etwas von: Männer müssen zusammenhalten. Einen Kontext zu dieser Aussage konnte ich nicht finden. Die Nacht über war er ruhig. Ich glaube, die Menge an Rohypnol hätte auch ein Nashorn außer Gefecht gesetzt. Uschi durfte noch bei mir bleiben. Man erklärte mir, dass ich durch eine Glasscheibe unter Beobachtung stand. Ich forderte ein Schmerzmittel. Sie waren dort aber nicht auf frisch Operierte eingestellt. Es dauerte über zwei Stunden, bevor eine entsprechende Spritze aus der HNO rüberkam. Leider war die Ärztin zu blöde, den Drei-Wege-Zugang, den die Witzbolde von Chirurgen mir zwischen den Zehen gelegt hatten, richtig zu bedienen. Was sie an der einen Seite reinspritzte, kam an der anderen wieder raus. Bevor sie das Ganze stoppte, war die Spritze so gut wie leergefegt. Restwirkung der jetzt viel zu geringen Menge des Mittels: gleich null. Wieder musste ich 'ne gute Stunde warten, bis was Neues kam. Die ganze Aktion war der Tussi höchst peinlich, und sie wollte mich allen Ernstes bequatschen, ich solle mir doch noch ein leichtes Kopfschmerzmittel, das sie noch vorrätig hatten, spritzen lassen, das müsse doch mit dem bereits gespritzten Rest des Schmerzmittels auch reichen!

Neben diesen Schmerzen hatte ich noch mehr Angst davor, in diesem Laden weggeschlossen zu werden. Bei meinem Versuch, auf die Toilette zu gehen, bin ich auf dem Flur einer Reihe von echt Verwirrten begegnet. Die waren wohl harmlos, aber sie waren durch. Ich hatte Angst, dass Uschi gehen musste. Aber es gab keine Chance, sie über Nacht bei mir zu behalten. Als sie ging, spürte ich, wie sich zu meiner Angst schleichend Wut und Hass gesellten und der Gedanke sich breitmachte, einen dieser Hurensöhne, die mir das angetan hatten, zu töten. Gleichzeitig hämmerten alle Alarmglocken in mir: Lass es, spiel den lieben, mitten im Leben stehenden Staatsbürger, der sogar in gewisser Weise noch Verständnis für den Hurensohn mitbringt, der dir das angetan hat. Ich hörte meine Ratio mahnend auf mich einreden: Schnelle, dies ist die bedrohlichste Situation und größte Herausforderung in deinem Leben. Du wirst hier mit Gewalt nichts ausrichten können. Diese Hurensöhne haben dich gefickt. Sie haben diesen P-Staat auf ihrer Seite. Selbst mit Charly (meinem Anwalt) kann es Wochen dauern, bis du hier rauskommst, und auch die Jungs hatten unter diesen Bedingungen keine Chance.

Ich habe diese Schlacht gewonnen. Ein erstes, kurzes Verhör (alles, was ich zu sagen hatte, musste ich ja aufschreiben) mit zwei Psychiatern fand noch am gleichen Abend statt. Der Hurensohn war nicht dabei. Ich habe ihn auch nie wieder gesehen. Die beiden äußerten sich zwar nicht zum weiteren Vorgehen, aber ich hatte irgendwie ein zumindest ambivalentes Gefühl. Ich war stolz auf mich, dass ich meine Emotionen tief vergraben hatte. Die Nacht war lang, voller Schmerzen und Ängste, aber auch vor allem prall gefüllt mit Wunschphantasien, in denen ich den Hurensohn richtig weggemacht habe. Und auch die anderen Drecksäcke, vor allem der Stationsarzt von der HNO, bekamen in diesen Phantasien gut auf die Fresse. Uschi hatte sich ein Hotelzimmer in Münster genommen. Sie kam um 6.00 Uhr morgens, wurde aber erst gegen 8.00 Uhr zu mir gelassen. Dann kamen zwei Psychiater. Einer war wohl der Obermacker. Uschi sollte erst raus, wurde aber später wieder hinzugeholt. Ich glaube, ich war richtig gut. Ich holte weit aus. Meine Arbeit, meine Profession: Natürlich war es total verkehrt, dass ich gegen den Rat dieser erfahrenen Ärzte auch nur angedacht hatte, nach Hause zu gehen. Auch mein Hausarzt hätte mir die Unmöglichkeit meines Ansinnens verdeutlicht. Ich würde selbstverständlich so lange in der Klinik bleiben, bis eine Entlassung aus ärztlicher Sicht unbedenklich sei ... blablabla.

Ich konnte in denen lesen wie in einem Buch. Was immer die hören wollten, ich schrieb es ihnen auf. Fazit: Gegen 9.00 Uhr wurde ich in die HNO-Klinik zurückverlegt.

Hier musste ich noch einige Male über meinen Schatten springen. Der Drecksack war, wie gesagt, hier Stationsarzt. Jedes Aufeinandertreffen mit ihm war für mich eine Herausforderung. Ich hätte ihn ankotzen können, wenn er meinen Verband wechselte. Ich hätte ihm allzu gerne ein paar geklatscht. Einfach so, en passant. Aber ich hielt mich zurück. Ich denke, der hat nichts bemerkt. Einmal wollte er sich bei mir einschleimen. Er meinte, er hätte in diesem Fall nicht anders handeln können. Er hätte es sich ja auch nicht einfach gemacht und einen Facharzt hinzugezogen. – Auch jetzt war ich aus Vorsicht und Furcht in meinem Verhalten diesem Drecksack gegenüber voller Falschheit. Ich ließ ihn glauben, dass sein Verhalten für mich jetzt, im Nachhinein, teilweise nachvollziehbar sei. Ob ich damals klug oder feige handelte, darüber bin ich bis heute mit mir zwiespältig.

Am 22. Mai 2009 wurde ich aus der Uni-Klinik Münster entlassen. Auf dem Programm stand noch eine Radiochemotherapie. Die sollte heimatnah, im Klinikum Herford, durchgeführt werden.

Den ersten Schritt des Kampfes gegen diesen Bastard in mir

hatte ich im Sinne dieses P-Staates korrekt hinter mich gebracht. Die Operationen waren nach Meinung der Mediziner bis auf die „kleine" Panne der Nachblutung optimal verlaufen. Für mich stellt sich das völlig anders dar. Man kann es ausdrücken, wie man will. Durch die Narben der OP, aber vor allem durch die zerstörten Lymphbahnen und den damit nicht mehr funktionierenden Lymphabfluss habe ich ein Scheißdoppelkinn, hängende Wangen und sehe einfach scheiße aus. Mit 20 Jahren wäre ich so nicht rumgelaufen. Niemals. Neben diesen für mich auch jetzt noch nicht bedeutungslosen kosmetischen Auswirkungen habe ich ständig das Gefühl, jemand würde mich würgen. Das Lymphwasser staut sich und drückt nach außen und innen. Unzählige Albträume, in denen ich gewürgt, erhängt, stranguliert, ersäuft oder von unserer bereits seit Jahren verstorbenen Katze, die auf meinem Hals eingeschlafen ist, gedümmt werde, versauen mir die wenigen Stunden, in denen ich überhaupt zum Schlafen komme.

Für mich gibt es in dieser Frage kein Rumeiern:

**Diese Tortur verzeiht mir mein Körper niemals.
Ich bin irreparabel geschädigt. Ich bin verstümmelt!**

Folter auf Rezept –
Die Radiochemotherapie

Bis ich den Bastard in mir entdeckte, war ich trotz der beschriebenen Warnsignale meines Körpers und der nicht mehr optimalen Trainingseinstellung noch sehr gut in Form. Bei einer Größe von 186 Zentimetern wog ich je nach Jahreszeit zwischen 80 und 82 Kilogramm bei einem Körperfettanteil von 12 bis 14 Prozent. Ich war ausdauernd, schnell und stark beim Biken und verfügte über eine gute allgemeine Fitness und Körperkraft, mit der ich den meisten guten Radfahrern in meinem Alter überlegen war. Auch nach objektiven Fitnesskriterien galt ich als absolut fit. Ich war durchaus in der Lage, ein intensives zweistündiges Fitnesstraining mit gut trainierten 20- bis 25-jährigen Sportlern zu absolvieren. 50 korrekte Liegestütze, 20 Klimmzüge, 40 Dips am Barren und 15 Mal Bankdrücken meines eigenen Körpergewichts konnte ich jederzeit am Stück abrufen. Ich konnte auf meinem Rennrad in leichtem Terrain 120 Kilometer unter drei Stunden fahren. Als Tagestour hatte ich mit dem Mountainbike schon 120 Kilometer mit 3200 Höhenmetern zurückgelegt. Zehn Kilometer im Wald lief ich unter 45 Minuten. Und das alles gab mir mein geiler Körper. Es waren meine Eier, die mir diese Kraft gaben. Mein einziges Dope war hin und wieder eine Magnesiumtablette, zweimal am Tag Obst, morgens Müsli und in den Wettkampf- und intensiven Trainingsphasen kein Alkohol. Nach der desaströsen Diagnose des Chaosschuppens habe ich kein Bike und keine Hantel mehr angepackt. Natürlich blieben auch die Laufklamotten unangetastet. Ich bin zwar mit Uschi und Spocky weiterhin oft rausgegangen, aber auch das war völlig anders als früher, irgendwie ohne Sinn, weniger zielgerichtet, lustlos. Das Ganze war eher ein zombiehafter Reflex. Genauso war es mit meiner Nahrungsaufnahme. Wir waren in dieser Zeit sehr oft raus zum Essen. Aber alles war nur ein geistloses, von der

Erinnerung lebendes Ritual. Außer dass ich in den nächsten Wochen fett wurde – mein Gewicht stieg auf 90 Kilogramm – und wir über unsere Verhältnisse lebten, war auch an diesen sonst von uns so genossenen Abenden nichts Erinnerungswürdiges. Das Einzige, was mich in dieser Zeit wirklich interessierte, war die Planung und Durchführung meines Freitodes. Ich wollte auf jeden Fall der Handelnde bleiben. Ich wollte entscheiden, ob ich weitermache, und gewappnet sein, wenn die ganze Folter nicht zielführend ist. Nachdem sich die Diagnose des Chaosschuppens nicht bestätigt hatte und ich mich entschloss, mich operieren zu lassen, war der Tatbestand meiner Verfettung nach Aussage des Profs in Münster äußerst positiv zu bewerten. Nach seiner Aussage würde ich schon im Zuge der OP mindestens zehn Kilogramm verlieren. Damit lag er ziemlich gut. Vergiss den Spruch: Das Fett, das zuletzt gekommen ist, geht zuerst. Es gehen deine Muskeln, radikal und furchtbar schnell. Was bleibt, ist erst mal das Fett. Egal, ob neues oder altes. Tatsächlich bin ich mit 78 Kilogramm aus Münster entlassen worden. Mein Körper sah so scheiße aus wie noch nie vorher. An den Hüften schlabberte es, die Titten hingen durch, die Reste von Bizeps und Trizeps wabbelten wie bei einer fetten 60-jährigen nach der x-ten Diätkur auf einer Gesundheitsfarm, und die Beine sprießten spargelgleich aus einem nicht mehr vorhandenen Glutaeus. Vor allem die Muskeln Quadrizeps und Gastrocnemius waren einfach verschwunden. Ich war vom Athletiker zum Leptosomen mutiert. Die Ärzte meinten, ich sollte unbedingt so viel wie möglich wieder zunehmen. Die weitere Behandlung durch Chemotherapie und Radiobestrahlung würde sicher noch mal mindestens in dieser Größenordnung an meinem Körper fressen. Trotz der Schluckprobleme gelang es mir, mit vielen minderwertigen Kalorien, bis zur Radiochemo-Tortur wieder acht Kilo anzufressen. Ich ging also mit rund 86 Kilogramm in diese Folter.

An dieser Stelle sei es schon einmal gesagt: Der Begriff „Radiochemotherapie" ist für mich eine perfide Wortschöpfung der Gesundheitsmafia; ein geradezu idealtypisches Beispiel für einen Euphemismus. Die Radio-Chemo-Folter, wie ich sie erlebt habe, lässt während und nach der Behandlung nichts von dir übrig.

Neben Bernd als meinem Hausarzt und Internisten war ich nun in Behandlung bei dem HNO-Arzt und bei einem Onkologen. Da Letzterer eng mit dem Klinikum Herford zusammenarbeitet, übernahm er die Federführung der weiteren Behandlung.

Die Folter (es widerstrebt mir, von einer Therapie zu sprechen) begann mit der Modulation einer Gesichtsmaske und dem Festlegen der Bestrahlungspunkte. – Klug, wie er ist, hat der Bastard in mir seine Vasallen an vielen Ecken und Kanten angesiedelt, und diese sollten daher bei mir auf insgesamt 13 Bestrahlungsfeldern verkokelt werden. Die Prozedur des Anzeichnens dauerte 'ne gute Stunde. Für diesen Zeitraum war ich, unter einer Maske liegend, mit dem Kopf auf einem Tisch fixiert. Ich habe nach dieser Prozedur sofort gesagt, dass ich das auf keinen Fall 30- oder 35-mal ertragen würde. Man beruhigte mich und versprach mir, dass die Bestrahlungszeiten weitaus kürzer seien.

Behandlungsbeginn war an einem Montag. Die ersten fünf Tage begannen mit 120 Stunden Chemoverseuchung, parallel dazu einmal täglich die Radioverstrahlung. Für den Zeitraum der Chemoverseuchung war ich jedes Mal stationär im Klinikum Herford, dank des Onkologen, der mir abgeraten hatte, diese Behandlung ambulant durchzuführen, so wie man mir das anfänglich mal schöngeredet hat.

Die ersten zwei oder auch drei Tage waren nicht sonderlich böse. Doch dann schlug die Drecks-Chemo voll durch. Mir war speiübel, ein Sodbrennen, als wenn ich literweise Essig gesoffen hätte, Schwindel, Schwitzen, Kotzen; alles richtig scheiße. Als rein kosmetisches Detail kam später zu meinem gepeinigten und verunstalteten Körper noch hinzu, dass meine Haare anfingen auszufallen. Wenn dies vor dem Hintergrund meines zerstörten Körpers auch nur eine weitere Randerscheinung war, diesen Erfolg konnte ich dem Bastard nehmen: – Ich ließ mir rechtzeitig eine Glatze schneiden. Ich stellte mich vor einen Spiegel, und sofort war mir klar, so könntest du perfekt die Rolle eines KZ-Insassen spielen. Mehr ging nicht. Ob die Verstrahlungsbehandlung dabei schon eine Rolle gespielt hat, ist offen. Subjektiv würde ich sagen, zu diesem Zeitpunkt noch nicht. Ich habe an Antiemetika wohl alles gekriegt, was auf dem Markt ist. Vor der Behandlung hatte man mir gesagt, es gebe so tolle Mittel, ich könne davon ausgehen, dass die schlimmsten Nebenwirkungen unterdrückt würden. Ich weiß nicht, wie es ohne diese Mittel gewesen wäre, aber es war auch so beschissen genug. Die Verstrahlungsdauer pro Termin lag bei rund 35 Minuten, so lange war ich jedenfalls auf diesem Tisch fixiert. Das war monstermäßig lange. Je nach Tagesform habe ich dabei schwer bis unerträglich gelitten. Gelitten habe ich bereits dadurch, dass ich angeschnallt war. Den Kopf leicht nach hinten gebeugt, dadurch leichtes Hohlkreuz. Spätestens nach zehn Minuten wurde es in der Regel immer unerträglicher. Diese verschissenen 35 Minuten empfand ich als deutlich länger als den gesamten Tag. Ich habe es gemacht, wie früher manchmal beim Vögeln, wenn man auf keinen Fall abrotzen will, ich habe mit Zahlen jongliert, zum Beispiel von 6300 in Dreierschritten rückwärts, das große Einmaleins, Zinskalkulationen etc., ich habe versucht, mich an Gedichte zu erinnern, und manche auch modifiziert, und natürlich alles, was noch an Geschichtszahlen da war, hervorgewühlt. Es hat, genau wie damals beim Vögeln, nicht immer geklappt.

Hier ein Beispiel für ein umgewandeltes Gedicht. Für alle, die nicht aus Herford kommen: Herford ist die ungekrönte Provinzkulturhauptstadt von Deutschland. Unter anderem gibt es ein fettes, teures Museum namens MARTa. Ohne Inhalte bewerten zu wollen, glaube ich, dass dieses Museum im Kontext mit den weiteren Kultureinrichtungen, der Haushaltssituation dieser Stadt und einer damit einhergehenden, vernachlässigten Jugendförderung in Herford fehl am Platze ist.

Herfords Abgesang:
Die Sportplätze sind leergefegt,
statt Boxtraining in der Halle
auf der Straße Randale und Krawalle,
in allen Freizeiteinrichtungen ist Ruh,
in den Jugendzentren spürest du keinen Hauch,
warte nur, MARTa, balde ruhest du auch.
(frei nach Goethe)

Nach der ersten Chemoverseuchung ging die Verstrahlung ambulant weiter. Erste, heftige Nebenwirkungen traten etwa nach dem achten oder neunten Termin auf. Unmittelbar nach jeder Verstrahlung musste ich rotzen. Solche Mengen an Rotze hatte ich noch nie gesehen. Heute glaube ich, damals habe ich meinen gesamten Lebensrotzvorrat ausgesabbert, und darüber hinaus wurden die Produktionsstätten für immer zerstört. Alles, was ich da abgefüllt habe, fehlt mir heute. Absoluter Speichelmangel mit allen negativen Auswirkungen wie fehlendem Geschmackssinn, ein Maul, das bei leichtester Anstrengung so trocken ist, dass die Zunge wie ein Stück Holz in einer Porzellanschale klackert, ständige Entzündungen im Rachen und Fressecken bis an die Ohren. So ab dem zehnten Termin wurde meine Haut von außen langsam verbrannt. Ich hatte total aufs Pudern gesetzt. Dadurch war die Haut schuppig und ledern. Aber sie war noch nicht feucht oder nass. Später wurde sie leicht rissig. Ich glaube aber, dass ich mit dem Pudern besser zurechtkam als mit Cremes oder Salben. Als ich einmal auf Anraten einer Strahlenärztin Penatencreme ausprobiert habe, hatte ich beim Einschmieren die gesamte Haut in meiner Kralle. An dieser Stelle hatte ich äußerlich während der gesamten Behandlung dann die heftigsten Probleme. Die Hautverbrennungen waren jedoch noch nicht die größte Scheiße. Innen begann sich meine gesamte

Mundschleimhaut aufzulösen. Teilweise lösten sich zentimeter-große weiße Stücke verfaulenden Fleisches aus meinem Mund. Wenn ich es zwischen die Finger nahm, fühlte es sich an wie das Eiweiß von einem hartgekochten Ei. Die ganze Palette der Tinkturen, Spülungen, Antipilzmittel – ich habe schließlich jede Stunde mit irgendeinem Mittel gespült – hat nicht wirklich geholfen. Ich weiß nicht, was da noch schlimmer hätte kommen können. Nach dem 15. Termin musste ich eine Woche pausieren. Bis zu diesem Zeitpunkt war die Menge der Medikamente, die ich schlucken musste, um diese Folter weiter zu ertragen, stetig gewachsen:

Medikation:

Beloc-Zok	0-0-1
Pantoprazol NYC 40 mg	1-0-1
Laxoberal	40 Tropfen 24/h
Fentanyl-CT	150, Wechsel 48/72/h
Sevredol	10 mg, 6 x 4 Tabletten 24/h
Novalgin bei Bedarf	4–6-mal 40 Tropfen 24/h
Diazepam	50 mg 0-0-1
Zofran Zydis sig.	Tabletten 8 mg bei Bedarf
Vergentan	50 mg bis zu 3 x 2 Tabletten 24/h
Panthenol-Lösung	1-1-1
Xylocain Viscös 2 %	bei Bedarf

Dazu vier weitere Mundspülungen und Antipilzmittel.

Nahrungsaufnahme: mittlerweile gleich null. Auch die hochkalorischen Drinks gingen nicht mehr rein. Einzig etwas stilles, lauwarmes Wasser fand ab und zu noch seinen Weg. Über den Port erhielt ich täglich einen bis zwei Liter Flüssigkeit. Die fünfte Woche begann wie die erste. Stationär im Klinikum Herford, 120 Stunden Chemoverseuchung am Stück und Fortsetzung der Verstrahlung. Außerdem wurde mir eine PEG gelegt, denn oral ging absolut nichts mehr, auch nicht das lauwarme Wasser.

Die Verseuchung war noch schlimmer als das erste Mal. Statt der geplanten fünf Tage blieb ich zehn Tage stationär. In der siebten Woche musste ich erneut von der Verstrahlung pausieren. Während dieser ganzen Zeit war ich, außer bei den Transfers zur Verstrahlung, keinen Meter vor der Tür. Mehr als fünf Stufen waren anstrengender für mich als früher mit dem Bike 1000 Höhenmeter am Stück. Ich war ein totales Wrack. Ich fühlte mich wie ein langsam verfaulender Haufen Biomasse. Ich war da, wo ich nie sein wollte. Was trieb mich an, diese Scheiße weiterzumachen? Es war die Statistik, es waren die verschissenen 40 Prozent, es war die Illusion, mein Körper würde mir das alles, was ich ihm antue, irgendwann verzeihen – was er jedoch nicht tun wird, und es war der Kaufmann in mir, der mir sagte: Du hast schon so viel investiert, wenn du jetzt rausgehst aus dem Deal, ist der mögliche Riss verloren. Niemals mehr werde ich meinem Körper so etwas antun. Niemand wird mich mit dem Hinweis auf einen kurativen Folteransatz dazu bringen, meinen Körper noch einmal so zu verarschen. Hätte ich geahnt, was diese Folter für mich bedeutet und welch mageren Benefit sie mir einspielt, ich hätte nie damit angefangen.

Die letzten drei Verstrahlungstermine waren kürzer. Es sollte eine Sättigung der Brutstätte des Bastards sein. Ich habe mir das so vorgestellt: In einem nach fürchterlichem Bombardement völlig zerstörten Waldgebiet, in dem irgendwo der Feind vermutet wird, schmeißt man an zwei oder drei Stellen noch ein paar Napalmbomben, weil man da mal ein Basislager des Feindes gesichtet hat. Irgendwie hat diese ganze verfickte, unausgereifte sogenannte Behandlungsstrategie für mich etwas mit einem Krieg zu tun. Die Gesundheitsmafia spielt deinen Verbündeten, aber immer, wenn sie vorgibt, dich bei dem Kampf gegen den Bastard in dir unterstützen zu wollen, gerätst du unter „friendly fire". Wenn du Glück hast, sterben dabei mehr Gegner/Bastardzellen und nur so viele deiner Kameraden/gesunde Zellen, dass du den Kampf gewinnen kannst. Sicher zielführend ist dieser

Weg aber nur für die Gesundheitsmafia. Die haben schon deshalb gewonnen, weil sie auf jeden Fall an dir verdienen.

Der letzte Verstrahlungstermin war nicht so, wie ich es vorher immer erwartet hatte. Es war keine Freude in mir, als es vorbei war, ich habe nicht vor Freude geheult, hüpfen konnte ich ja sowieso nicht, aber ich hätte es auch nicht tun wollen. Ich war einfach nur leergefegt.

Ernüchternd waren die nächsten Tage und Wochen. Es passierte nichts. Es blieb alles so beschissen wie während der Bestrahlung. In meinem Maul schienen alle Heilungsprozesse auf ewig und alle Zeiten gestoppt. Es ging nichts, es war, als würde das Fieber von 40 auf 39,9 Grad sinken, und darum fehlt die Freude und viele, viele Wunden heilen nie. Ich war nun verstümmelt, verstrahlt und verseucht. Ich habe verlernt zu lachen, bis zum heutigen Zeitpunkt nie mehr ein angenehmes Körpergefühl verspürt, keine Freude über einen schönen Tag, und wenn es etwas gab, was mich früher erheiterte oder positiv berührte, jetzt macht es mich nur noch traurig. Wenn das meine Zukunft sein sollte, dann habe ich meinen Körper verarscht. Ich habe ihn leiden lassen, ich habe ihn betrogen. Ich habe wirklich geglaubt, die 40 bis 50 Prozent, die es schaffen, würden dann leben wie früher. Aber dieses erbärmliche Vegetieren, das natürlich jeder individuell anders deutet, hat nichts mit dem Leben zu tun, für das ich meinen Körper so habe quälen lassen. Es wurde nicht, für mich jedenfalls nicht wahrnehmbar, besser. Es hat wohl auch nicht viel gefehlt, und ich wäre zum Morphinisten geworden. Jedenfalls war ich drauf und dran, meinen mir selbst verordneten radikalen Entzug – von 150 mg Temgesic-Pflaster alle drei Tage auf null – abzubrechen. Ich hatte einen Entzug mit allen Drum und Dran. Schmerzen am ganzen Körper, Unruhe, Körperzuckungen wie ein „Epi", Schweißattacken, Durchfall und, und, und ... voll den „Affen" geschoben. Noch einmal habe ich meinem Körper alles abverlangt. Keine Statistik sagt etwas über die Qualität des Lebens der Überlebenden nach dieser Folter. Ich würde diese Qualen nie wieder auf mich nehmen.

Mein Todestag

Im September stand ein Kontroll-PET/CT in Münster an. Ich fuhr relativ unaufgeregt dorthin. So wie ich mich fühlte, spielte es ohnehin keine Rolle, ob der Bastard zumindest fürs Erste platt war oder die Folter nur meine gesunden Zellen weggemacht hatte.

Das Ergebnis des PET/CT ließ auf sich warten. Ich war auch nicht sonderlich interessiert. Gerne wollte ich noch einige Sachen für Uschi in trockene Tücher bringen, dafür brauchte ich noch etwas Zeit. Ich wusste, sollte der Bastard noch irgendwo in meinem Körper nachzuweisen sein, würde ich unverzüglich handeln. Nur vor dem Hintergrund, dass ich eine AHB (Anschlussheilbehandlung) machen wollte, wollte ich wissen, wie das PET/CT ausgefallen war. Man hatte mir diese mehr oder weniger aufgezwungen – denn wenn ich die nicht antrete, dann würde ich ja nicht alles für meine Wiedereingliederung am Arbeitsplatz tun und damit möglicherweise meines Krankengeldes verlustig gehen. Ich wollte sie aber nur antreten, wenn der Bastard wenigstens erst mal seinen Schwanz eingezogen hätte.

Weder Bernd meldete sich, noch ließ der Onkologe, dem das Ergebnis zugeschickt werden sollte, etwas von sich hören. Der Termin für die AHB in der Klinik Sonneneck auf Föhr rückte näher. Ich hatte immer noch die Drecks-PEG, denn ob und was ich schlucken konnte, hing nur von meiner Tagesform ab. Festes ging gar nicht, häufig habe ich mich auch am Fortimel heftig verschluckt. Zwei Lungenentzündungen waren das Ergebnis. Die PEG wollte ich mir erst entfernen lassen, wenn dieser erste Check nach der Verstümmelung, Verstrahlung und Verseuchung zeigen würde, dass der Bastard noch auf Tauchstation ist, sodass es erst mal keine Alternative zum weiteren Vegetieren gibt – angetrieben allein von meiner Hoffnung und dem Wunschdenken der Anderen, dass es mir doch irgendwann wieder besser gehen würde. Für den Fall, dass der Bastard die geballten Attacken locker weggesteckt hätte, sollte mir die PEG als ein sicherer, alternativer Zugang für mein Pento dienen, das ich immer noch nicht hatte.

Nach circa 14 Tagen rief ich in Münster an. Die hatten die Ergebnisse wieder an einen Arzt geschickt, der vor vielen Jahren mal mit ihnen in Kontakt gewesen sein muss. Dieser Arzt ist aber weder als niedergelassener Arzt noch als Krankenhausarzt in Herford bekannt. Ich hatte denen in Münster das schon nach dem ersten PET/CT mitgeteilt, denn auch diese Ergebnisse hatten sie an diesen ominösen Arzt geschickt. Damals wollten sie die Adresse sofort rausnehmen. Ich garantiere, auch bei dem nächsten Patienten aus Herford, der in der Uni-Klinik Münster eine Untersuchung durchführen lässt, werden die Ergebnisse an dieses Phantom gesandt. So eine Klinik muss sich doch auf das Wesentliche beschränken, und das sind die Sachen, die man irgendwo abrechnen kann. Bei einem Privatpatienten sähe das wohl anders aus. Der könnte ja die Zahlung zurückhalten, bis die Ergebnisse seinen Ärzten vorliegen.

Wieder wurde mir versprochen, die Ergebnisse nun sofort an die richtigen Ärzte zu senden. Das Phantom sollte sofort gelöscht werden, und auch ich sollte einen Bericht erhalten. Vier Tage später hatte ich das Schreiben aus Münster im Briefkasten. Ich kam mit Spocky von einem verschissenen Spaziergang nach Hause. Ich hatte Probleme, eine leichte Steigung, die ich früher im Sprint genommen hatte, einigermaßen ordentlich hochzugehen. Ich war angepisst, und ich ekelte mich schon bei dem Gedanken, dass ich noch etwas zu Mittag runterwürgen musste oder wieder fünf Stunden am Tropf gefesselt war. Ich nahm die Post aus dem Kasten, und nachdem ich Spocky versorgt hatte, begann ich sie zu sortieren. Ich war schon etwas aufgeregt und auch gespannt auf die Ergebnisse aus Münster, aber es war keine

Furcht, sondern eine seltsame Art von Neugierde. Trotzdem nahm ich mir erst die Post von Vodafone vor. Die hatten einfach die Kündigung unserer Handyverträge ignoriert. Obwohl sie mein Kündigungsschreiben hinsichtlich Rechtmäßigkeit und Fristeinhaltung bestätigt hatten, buchten sie weiter fröhlich ab. Also Lauferei, Geld zurückfordern, erneutes Anschreiben, unzählige Versuche, jemanden telefonisch zu kriegen, und einfach nur ärgern, wenn sich die Summe über Mahngebühren langsam anfängt zu verdoppeln. Ich werde hier zwar nichts mehr unternehmen, aber ich – oder besser Uschi, denn auch ihren Handyvertrag betraf es – muss damit rechnen, irgendwann einen negativen Schufaeintrag zu bekommen. Warum ist so was möglich? – Weil dieser P-Staat diese kriminellen Verhaltensweisen schützt! Oder glaubt irgendjemand, dass irgendein Scheißgericht dir Schadensersatz zuspricht, wenn du diesen Vorfall beklagst? Das ist denen doch scheißegal, ob dir ein Kredit versagt wird oder ob du eine Wohnung nicht bekommst oder ob, noch schlimmer, dein Arbeitgeber darüber informiert wird. Wenn es auch nicht bewiesen ist, ich möchte wetten, dass die verschissenen Telefonanbieter Adressenlisten haben, aus denen sie erkennen können, welchen Beruf oder gesellschaftlichen Status ihre Kunden haben. Oder glaubt einer, dass ein Richter oder Politiker unter diesen asozialen Geschäftspraktiken zu leiden hat? – Also, erst mal Scheißvodafone; natürlich eine neue Mahnung, dann eine Werbung von einem Bikeladen; manchmal will ich es mir richtig geben, und das können Bilder von den Bikes für 2010 ziemlich gut.

Und dann die Post aus Münster.

— ?ccifauyd miv, daßer Reine (luft schuft -

WESTFÄLISCHE
WILHELMS-UNIVERSITÄT
MÜNSTER

Universitätsklinikum Münster ♦ 48149 Münster

UKM

Universitätsklinikum
Münster

Münster, 23.09.2009/WIES

Betr.: Schnelle, Dieter   geb.: 09.09.50

Sehr geehrter Herr Kollege,

hiermit berichten wir Ihnen über das **Ergebnis der PET-CT-Untersuchung (Fluor-18-Deoxyglukose-PET) vom 23.09.2009**, bestehend aus:
- FDG-PET des Ganzkörpers (bis prox. Oberschenkel, einschl. Schädel / Hirn)
- Computertomographie des Halses mit intravenöser Applikation eines iodhaltigen, nicht-ionischen Kontrastmittels. Im Bereich des Thorax und des Abdomens wurde hierbei eine Niedrigdosis-CT zur Abschwächungskorrektur und zur anatomischen Orientierung akquiriert. Diese Aufnahmen ersetzen ein KM-gestütztes CT nicht.

(ü , re 1h6)   c4/c7

Anamnese: Zungengrundkarzinom links, pT2, pN2 (6/23), M0, G2, ED 01/09 mit Halslymphknotenmetastase links. Histologie: ulzeriertes, nicht verhorntes, mittelgradig differenziertes Plattenepithelkarzinom. Z.n. Zungengrund- und Oropharynxteilresektion links, Neck dissection links am 28.04.2009. Z.n. Neck dissection re. am 12.05.09. Z.n. Portanlage am 19.06.09. Kombinierter Radio-/ Chemotherapie mit Cisplatin bis 06.09.09. Fortsetzung der Chemotherapie am 27.07.09 geplant.

Fragestellung: Befund.

Befund: Zum Vergleich lag eine Voruntersuchung vom 15.04.2009.

Mittlerweile Z.n. Zungengrund- und Oropharynxteilresektion mit Neck dissection bds. mit diskreter flächiger Stoffwechselaktivierung im Bereich des OP-Gebietes. Kein Nachweis umschriebener fokaler Glukosestoffwechselaktivierungen. Seitensymmetrisch vermehrte Stoffwechselaktivierung des Hirnparenchyms und der ableitenden Harnwege bds. und seitenasymmetrisch flächig im Bereich der Schulter-/ Nackenmuskulatur re. Unspezifisch vermehrte FDG-Retention auf Höhe des distalen Ureters rechts.

In der Niedrigdosis CT zeigt sich eine regelrechte Herzgröße und -konfiguration. Kein Pleura- bzw. Pericarderguss abgrenzbar. Diskrete Arteriosklerose. Kein Nachweis malignomsuspekter Lymphknoten cervical, axillär, hilär bds. sowie mediastinal. Mittlerweile Z.n. Portimplantation präpektoral re. mit Katheterspitze i.B. der VCS endend, korrekt. Im Vgl. zur VU zeigen sich neu aufgetretene pulmonale Rundherde im Bereich beider UL: basaler UL re. (ca. 4mm, Serie 5 Ima 5), basaler UL li. (ca. 3mm, Serie 705 Ima 2), laterobasaler UL li. (ca. 4mm, Serie 705 Ima 4 und ca. 2mm, Serie 705 Ima 3). Im Vgl. zur VU zeigt sich hingegen ein größenkonstanter pleuraständiger pulmonaler Rundherd im laterobasalen UL li. (ca. 5-6mm, Serie 705 Ima 1). Kein Nachweis entzündlicher Infiltrate.

Unauff. Befund der parenchymatösen Oberbauchorgane ohne Nachweis fokaler Glukosestoffwechselaktivierungen. Unauff. Lymphknotenstatus intraabdominal, retroperitoneal sowie inguinal bds. Harnblase und Prostata regelrecht. Keine freie intraabdominelle Flüssigkeit.

Weiterhin unauffälliger, altersentsprechender Befund der erfassten ossären Strukturen ohne Nachweis neuaufgetretener osteolytischer bzw. osteoplastischer Läsionen.

Beurteilung:
In der FDG-PET/CT zeigt sich aktuell ein Z.n. Zungengrund- und Oropharynxteilresektion mit Neck dissection bds. bei Zungengrund-CA. Aktuell ergibt sich kein Hinweis auf ein Lokalrezidiv bzw. eine neu aufgetretene lymphogene Metastasierung. Hingegen zeigen sich neu aufgetretene bipulmonale Metastasen im Bereich beider Unterlappen.

Mit freundlichen Grüßen

████████████████   ████████████████   ████████████████
(Oberarzt Nuklearmedizin)   (Oberarzt IKR)   (Assistentin IKR)

Ich war unglaublich gelassen. Es ist nicht übertrieben und die völlige Wahrheit, wenn ich sage, ich war auch einfach nur erleichtert. Diese Diagnose wirkte wie ein Befreiungsschlag. Mit ihr konnte ich vor mir selbst und vor Uschi meine Entscheidung für den Freitod jetzt verantworten.

Meinem Freund Gregor und den vielen anderen, die ehrlich um mich gebangt haben, würde diese Diagnose beweisen, dass ich nicht vorschnell gehandelt habe.

Ich war nicht eine Sekunde traurig, nicht schockiert, gelähmt oder geschockt. Ich war orientiert und begann zielgerichtet den Kontakt mit Dignitas vorzubereiten. Ich sortierte die erforderlichen Unterlagen, stellte fest, welche Dokumente ich von den Ämtern benötigte, dann versah ich alle schon damals vorbereitenden Abschiedsbriefe mit einem aktuellen Datum. Ich telefonierte mit Dignitas, teilte der sehr netten Dame in der Schweiz mit, dass sie in ein bis zwei Tagen meinen Antrag auf eine Freitodbegleitung bekommen würden. Ganz wichtig waren für Dignitas die aktuellen Untersuchungsergebnisse und die Meinung eines zweiten Arztes aus Deutschland. Dann sprachen wir auch noch über die erforderlichen Dokumente. Die Einzelheiten der Begleitung sollten erst dann besprochen werden, wenn alle Unterlagen bei Dignitas vorlagen.

Am nächsten Tag rief mich Bernd aus der Praxis an. Er wollte mit mir sprechen und schlug einen Termin für den Donnerstagabend nach der offiziellen Sprechstunde vor. Ich sagte zu. Der Onkologe meldete sich nicht bei mir. Der wollte zwar mit mir reden, als ich mir eine Kopie des Schreibens aus Münster von ihm abholen wollte, denn die an mich gesandte Abschrift war nicht unterschrieben, und Dignitas wollte natürlich einen unterschriebenen Bericht. Er deutete an, dass es durchaus noch Behandlungsmöglichkeiten gebe, auch im Fall dieser unbestritten sehr kritischen, bedrohlichen und recht aussichtslosen Diagnose.

Ich bedankte mich und erklärte ihm, dass ich keine weitere Behandlung wünschte. – Akzeptanz für meine Entscheidung hätte anders ausgesehen. Trotzdem war er aus seiner Sicht sicher sehr freundlich und hilfsbereit. Nur wollte er eben, dass ich auf seine Art mein Leben beende, und so bot er mir an, dass ich jederzeit zu ihm kommen könnte, wenn ich meine Meinung ändern sollte.

Bis zum Donnerstagabend hatte ich alles, bis auf die Meinung eines zweiten deutschen Arztes, an Dignitas gesandt. Diese zweite Meinung sollte mir Bernd abgeben, und das Schreiben wollte ich dann mit in die Schweiz bringen. Denn ich hatte mit Dignitas alles geklärt. Der Termin für meine Freitodbegleitung stand fest: Ich würde am Donnerstag, den 22. Oktober 2009 gegen 11.30 Uhr den Bastard in mir besiegt haben. Ich war wieder am Zug. Ich konnte erstmals wieder agieren. Nicht der Bastard in mir und auch nicht diese unheilvolle Allianz aus Staat, Gesundheitsindustrie und Kirche diktierte das Tempo des Krepierens, die Summe der Qualen, das Maß der Traurigkeit, sondern ich, einzig und allein ich, ich war mein eigener Herr. Ich würde meinem Körper keine Schmerzen mehr zufügen. Ich würde mich bewusst, unbesudelt von Schmerzpflastern und Morphiumspritzen, bei klarem Verstand, im Beisein des mir liebsten Menschen von meinem Leben verabschieden, und einige meiner Lieblingsmusiker würden mit Sicherheit auch dabei sein: Hendrix, Sonny Rollins, Jim Morrison, Willie Dixon und Janis Joplin (die gehört echt dazu, nicht als Quote). Ich hatte mich entschieden. Ich hatte den Termin gesetzt. Ich war so glücklich, so unglaublich leicht, es war der schönste Tag, seit der Bastard sich geoutet hat.

Nur eines wäre noch schöner: Wenn dieser verfluchte P-Staat mich nicht zwingen würde, dies alles in der Schweiz machen zu müssen. Es wäre das Geilste, wenn ich es zu Hause, im Beisein von Uschi und Spocky durchziehen könnte. Für alle, die Verantwortung dafür tragen: Ich kann zwar nicht mehr auf eure Gräber scheißen, aber ich verfluche euch und wünsche euch für euer Ende die gleiche Ohnmacht und Ausweglosigkeit, die ihr allen Andersdenkenden oktroyiert.

Donnerstagnachmittag hatte ich die letzten Telefonate mit Dignitas und die Terminbestätigung per Einschreiben losgeschickt. Außerdem hatte ich meinen Freund Gregor informiert und die Fahrt in die Schweiz organisiert; die Hotels in Basel und Zürich waren gebucht, denn vor dem Finale standen zwei Gespräche mit einer Ärztin von Dignitas in Basel.

Wir hatten geplant, mit dem eigenen Pkw in die Schweiz zu fahren. Da ich nicht wollte, dass Uschi nach dieser für sie emotionalen Ausnahmesituation alleine wieder zurückfährt, bat ich einen guten Bekannten, uns zu fahren. Natürlich hätte es mein Freund Gregor sehr gerne gemacht, und wir hätten ihn auch sehr gerne dabeigehabt. Aber unser Spocky sollte für diese Woche auf keinen Fall in andere Hände als zu Gregor. Er ist der einzige Mensch, dem wir unseren Spocky anvertrauen würden.

Damit war alles in trocknen Tüchern – bis auf die zweite Stellungnahme eines deutschen Arztes, die von Dignitas zwingend erwartet wurde.

Mein Hausarzt, „die Zweite"

Um 18.00 Uhr fuhr ich zu Bernd in die Praxis. Wie gesagt, ich war völlig relaxed, hatte mir noch einmal mein Rennrad angesehen, ein Scott Scenario, das ich Bernd vererben wollte. Die Größenverhältnisse passten perfekt. Und es war für mich ein schönes Gefühl zu wissen, wer zukünftig auf meinen Rädern unterwegs ist. So sollte Gregor mein Hardtail von Rotwild haben, und mein guter Bekannter, der uns in die Schweiz fuhr, sollte mein Fully, ebenfalls von Rotwild, bekommen.

Als ich in der Praxis ankam, hatte Bernd noch einen Patienten. Was ihn als Arzt auszeichnet, ist, dass er für alle seine Patienten viel mehr Zeit aufbringt, als abrechnungstechnisch ökonomisch ist. So musste ich noch 'ne gute halbe Stunde warten.

Bernd ließ mich erzählen. Es war ihm nicht entgangen, dass ich außerordentlich gefasst war. Wir sprachen über früher, über Reisen, die ich mit Uschi gemacht hatte, und er erzählte von Fernreisen, die er als Rucksacktourist mit Freundinnen und seiner Frau unternommen hatte. Ich erzählte ihm dann von Dignitas und dass alle Formalitäten, bis auf die zweite Stellungnahme, geklärt seien. Ich sagte ihm, dass am Donnerstag, den 22. Oktober der Termin sei und ich am Sonntag, den 18. Oktober in die Schweiz anreisen würde. Am Montag, den 19. Oktober sei dann das erste Arztgespräch, und am Mittwoch, den 21. Oktober das zweite mit einer Ärztin von Dignitas.

Plötzlich veränderte sich Bernd völlig. Seine Körperhaltung wurde eine andere, er rutschte auf seinem Stuhl herum, seine Stimme spiegelte eine nicht völlig kontrollierbare Erregung. Obwohl er noch nichts gesagt hatte, bat er um Entschuldigung, er wirkte unsicher – so hatte ich ihn, diese souveräne, selbstsichere Persönlichkeit noch nie gesehen, und im ersten Moment hatte ich die Befürchtung, jetzt will er dich überreden weiterzumachen. Ich konnte nur denken: Bitte mach das nicht. Fast hätte ich ihn unterbrochen und ihn aufgefordert: Sag nichts, lass uns so voneinander verabschieden, mach nicht kaputt, woran ich geglaubt habe. Gleichzeitig schoss mir durch den Kopf: Scheiße, die zweite Stellungnahme. Der Onkologe fällt flach, der will dein Blut durch Chemikalien ersetzen. Also, wie schon mal angedacht, selbst eine faken, eine gute Fälschung mit dem Briefkopf des Klinikums Herford. Jetzt konnte es sich auch noch einmal auszahlen, dass ich mal gelernt hatte, Stempel zu basteln.

Bernd hatte inzwischen weitergeredet. Er hatte ausgeholt, sprach über die Diagnose vom Chaosschuppen und dass er sich auch diesmal mit dem Ergebnis aus Münster nicht so einfach zufrieden geben wollte. Er wollte dieses Schreiben interpretiert haben, vor allem, weil auch er eine sogenannte Zweitschrift ohne Unterschrift erhalten hatte. Bernd sprach weiter, wobei er sich mehrfach bei mir entschuldigte, denn er hatte natürlich gemerkt, in welchem Ausnahmezustand ich da reinrasselte. Er erklärte, dass er so lange mit Münster telefoniert habe, bis er den zuständigen Oberarzt erreicht hatte. Das sei gestern der Fall gewesen. Dieser habe ihm zugesichert, das Material noch einmal zu sichten, wobei er auch zugeben musste, dass die Sichtung des PET/CTs und der Bericht nicht durch ihn, sondern durch eine Assistenzärztin erfolgt war. Heute Vormittag nun habe der Oberarzt ihn zurückgerufen und den ersten Bericht in großen Teilen korrigiert. Und zwar dahingehend korrigiert, dass sich nach der Meinung von Bernd ein völlig neues Bild ergab.

WESTFÄLISCHE
WILHELMS-UNIVERSITÄT
MÜNSTER

UKM

Universitätsklinikum
Münster

Münster, 23.09.2009/WIES

Betr.: Schnelle, Dieter   geb.: 09.09.50

Sehr geehrter Herr Kollege,

hiermit berichten wir Ihnen über das **Ergebnis der PET-CT-Untersuchung (Fluor-18-
Deoxyglukose-PET) vom 23.09.2009,** bestehend aus:
- FDG-PET des Ganzkörpers (bis prox. Oberschenkel, einschl. Schädel / Hirn)
- Computertomographie des Halses mit intravenöser Applikation eines iodhaltigen, nicht-ionischen
  Kontrastmittels. Im Bereich des Thorax und des Abdomens wurde hierbei eine Niedrigdosis-CT
  zur Abschwächungskorrektur und zur anatomischen Orientierung akquiriert. Diese Aufnahmen
  ersetzen ein KM-gestütztes CT nicht.

Anamnese: Zungengrundkarzinom links, pT2, pN2 (6/23), M0, G2, ED 01/09 mit
Halslymphknotenmetastase links. Histologie: ulzeriertes, nicht verhorntes, mittelgradig
differenziertes Plattenepithelkarzinom. Z.n. Zungengrund- und Oropharynxteilresektion links, Neck
dissection links am 28.04.2009. Z.n. Neck dissection re. am 12.05.09. Z.n. Portanlage am
19.06.09. Kombinierter Radio-/ Chemotherapie mit Cisplatin bis 06.09.09. Fortsetzung der
Chemotherapie am 27.07.09 geplant.

Fragestellung: Befund.

Befund: Zum Vergleich lag eine Voruntersuchung vom 15.04.2009.

Mittlerweile Z.n. Zungengrund- und Oropharynxteilresektion mit Neck dissection bds. mit diskreter
flächiger Stoffwechselaktivierung im Bereich des OP-Gebietes. Kein Nachweis umschriebener
fokaler Glukosestoffwechselaktivierungen. Seitensymmetrisch vermehrte Stoffwechselaktivierung
des Hirnparenchyms und der ableitenden Harnwege bds. und seitenasymmetrisch flächig im
Bereich der Schulter-/ Nackenmuskulatur re. Unspezifisch vermehrte FDG-Retention auf Höhe des
distalen Ureters rechts.

In der Niedrigdosis CT zeigt sich eine regelrechte Herzgröße und -konfiguration. Kein Pleura- bzw
Pericarderguss abgrenzbar. Diskrete Arteriosklerose. Kein Nachweis malignomsuspekter
Lymphknoten cervical, axillär, hilär bds. sowie mediastinal. Mittlerweile Z.n. Portimplantation
präpektoral re. mit Katheterspitze i.B. der VCS endend, korrekt. Im Vgl. zur VU zeigen sich neu
aufgetretene pulmonale Rundherde im Bereich beider UL: basaler UL re. (ca. 4mm, Serie 5 Ima
5), basaler UL li. (ca. 3mm, Serie 705 Ima 2), laterobasaler UL li. (ca. 4mm, Serie 705 Ima 4 und

ca. 2mm, Serie 705 Ima 3). Im Vgl. zur VU zeigt sich hingegen ein größenkonstanter pleuraständiger pulmonaler Rundherd im laterobasalen UL li. (ca. 5-6mm, Serie 705 Ima 1). Kein Nachweis entzündlicher Infiltrate.

Unauff. Befund der parenchymatösen Oberbauchorgane ohne Nachweis fokaler Glukosestoffwechselaktivierungen. Unauff. Lymphknotenstatus intraabdominal, retroperitoneal sowie inguinal bds. Harnblase und Prostata regelrecht. Keine freie intraabdominelle Flüssigkeit.

Weiterhin unauffälliger, altersentsprechender Befund der erfassten ossären Strukturen ohne Nachweis neuaufgetretener osteolytischer bzw. osteoplastischer Läsionen.

Beurteilung:
In der FDG-PET/CT zeigt sich aktuell ein Z.n. Zungengrund- und Oropharynxteilresektion mit Neck dissection bds. bei Zungengrund-CA. Aktuell ergibt sich kein Hinweis auf ein Lokalrezidiv bzw. eine neu aufgetretene lymphogene Metastasierung. Hingegen zeigen sich neu aufgetretene bipulmonale Metastasen im Bereich beider Unterlappen.

Mit freundlichen Grüßen

Zusatzbefund vom 09.10.2009, 12:13:

Signierer: ALL   Diktierer: WIES   Schreiber: WIES

Nach erneuter Durchsicht des Bildmaterials zeigt sich im Verlauf eine Größenkonstanz der bek. bipulmonalen Rundherde. Diese waren in der VU vom 15.04.09 bei verminderter Inspirationstiefe z.T. durch dorso-basale Belüftungsstörungen maskiert.

Lediglich ein Rundherd im laterobasalen Unterlappen rechts (Serie 3, IMA 167, ca. 4 mm Durchmesser) ist im Vgl. zur VU neu aufgetreten.
Differentialdiagnostisch kommt hier bei anam. berichterter wiederholter Aspiration ein postentzündliches Residuum in Frage.
Wir empfehlen jedoch sicherheitshalber eine erneute CT-graphische Verlaufskontrolle in 3 Monaten.

Ich hörte Bernd nur noch wie durch Watte reden. Alles zerbrach. Ich dachte an Uschi. Sie würde mich nicht verbal bitten, jetzt noch einmal abzuwarten. Aber ich wusste, mit diesem Pissbericht, für mich nicht Fisch noch Fleisch, würde sie sich nichts mehr wünschen als meinen Entschluss, noch einmal zwei bis drei Monate abzuwarten. In der Hoffnung, dass es mir in dieser Zeit nicht so schlecht, eventuell sogar etwas besser gehen würde, und mehr noch in der unglaublichen Hoffnung, dass dieser ergänzte Bericht eine neue Perspektive eröffnete. In diesem Moment schossen mir alle möglichen Konsequenzen dieser verfickten Neubewertung, dieses verschissenen PET/CT durch den Kopf: Kannst du unter diesen Umständen noch in die Schweiz fahren? Wenn du jetzt nicht fährst, was denken die dann bei Dignitas? Was ist, wenn die nächste Untersuchung den Bastard in dir wieder entlarvt? Wird Dignitas dann nicht weitere Belege fordern, weitere Untersuchungen oder eindeutige, sichtbare Auswirkungen, sogenannte klinische Symptome, bei dir sehen wollen? Dignitas war meine Trumpfkarte. Nur mit diesem Joker hatte ich die ganze verkackte Situation so sauber verarbeiten können. Diesen Trumpf wollte ich mir auf keinen Fall nehmen lassen. Ich war zerrissen. Ich war orientierungslos, mein Weg und mein Ziel fingen an sich zu verlieren. Niemals zuvor hatte ich mir so sehr gewünscht, auf niemanden mehr Rücksicht nehmen zu müssen. Jetzt wurde mir klar, die Entschuldigungen von Bernd waren nicht eine einfache Floskel. Er hatte die Tragweite dieser veränderten Situation schon im Vorfeld realisiert und reflektiert. Ich bin mir nicht mehr sicher, ob wir beide dann nicht sogar etwas geflennt hatten – es wäre für mich das erste Mal gewesen nach den ersten Tagen im Chaosschuppen. Wir besprachen dann noch lange alles Mögliche. Schließlich verließ ich dann Bernds Praxis, ohne mich endgültig festzulegen, wie ich weiter vorgehen würde. Ich war hin- und hergerissen bei der Frage, in welche Richtung ich gehen würde. Die Reaktion von Uschi würde meinen Weg für die nächsten zwei Monate entscheiden.

Uschi hatte im Auto gewartet. Die paar Meter auf dem Weg zu ihr waren lang, und ich hatte Tausende von Gedankenblitzen, ohne dass einer einschlug. Wäre es nicht geil, Uschi würde sagen, ohne dass ich ihr die gnädige Lüge ansehen könnte: Deine Entscheidung ist auch unter diesen veränderten Vorzeichen mein Wunsch. Ich war mir leider sicher, dazu wäre sie nicht fähig. Für wen oder was gab es für mich eine Verpflichtung, jetzt noch zwei Monate draufzupacken auf mein verschissenes Leben? Für mich selbst? Da war sie wieder, die Gier nach dem Benefit für die erlittenen Qualen. Aber diese war deutlich geringer als noch zu Zeiten der Verstrahlungsbehandlung. Dafür war mir in den letzten Wochen zu deutlich geworden, wie viel Abstriche ich an mein Leben zukünftig machen müsste. Einzig der Gedanke, vielleicht wird es ja doch noch besser, hatte mich bisher weitermachen lassen. Für wen also noch? Für die, die für mich in den letzten Monaten gehofft hatten? Für Dignitas, die bei Bekanntwerden meines Freitodes unter den veränderten Rahmenbedingungen ihren verfluchten Kritikern eine offene Flanke bieten würden? Oder für Bernd, der ein zweites Mal ein Untersuchungsergebnis in Frage gestellt hatte und dadurch wieder eine veränderte Situation herbeigeführt hatte? Oder einzig und allein für Uschi? – Als ich am Auto ankam und meine Uschi zusammengekauert, hilflos, verloren und einsam durch die regennassen, beschlagenen Scheiben sah, wusste ich, ich werde noch einmal warten müssen.

Wir haben geheult. Lange geheult. Während Uschis Weinen auch ein Weinen der Hoffnung war, vielleicht sogar ein Weinen, in dem auch nicht reflektierte Freude und Glück zum Ausdruck kamen, habe ich geheult, um mit der Situation klarzukommen. Mein Todestag war nicht mehr der 22. Oktober 2009. Wann dann? Wird es mit Dignitas überhaupt noch gehen? Was werden die denken? Wie wird es jetzt weitergehen? Jetzt muss ich diese verkackte Reha machen. Soll ich noch einmal versuchen, an Pento heranzukommen? Soll ich nach Mexiko fliegen oder besser nach Thailand? Die letzten Infos von Exit International, einer mit Dignitas vergleichbaren Organisation, ließen mich eher nach Thailand tendieren. Ich habe nicht eine Sekunde daran gedacht, dass der Bastard in meinem Körper möglicherweise erst mal auf dem Rückzug war. Denn eines hatte ich mir schon während der ersten Tage nach der Entdeckung des Bastards erfolgreich abgeschminkt: den verfluchten Selbstbetrug Hoffnung! Ich höre sie jetzt schon wieder aufschreien; die Idioten, die unbezahlten Söldner der Gesundheitsmafia, die nur so eine Scheiße labern wie: Die Hoffnung stirbt zuletzt – in deren Todesanzeigen es dann heißt: Gekämpft, gehofft und doch verloren! Sie werden sagen, der konnte seinen Krebs nicht besiegen, weil er nicht an sich geglaubt hat. Der Glaube versetzt Berge ... laber, laber, laber. Fakt ist, sie alle können machen, was sie wollen, hoffen, glauben, beten; der Krebs oder jede andere unheilbare Krankheit wird sie genauso ficken wie mich. Nur verarschen sie nicht nur ihren Körper, sondern sie versuchen sich selbst zu betrügen. Wenn sie zu den 40 Prozent gehören, die genau diesen verfluchten, nach der sogenannten TNM-Klassifikation identischen Bastard, wie ich ihn in mir habe, überleben, dann ist es rotzengleich, ob du gehofft, gebangt und gekämpft hast oder ob du es rein statistisch siehst. – Oder habt ihr schon mal 'ne Statistik gesehen, die beweist, dass die 60 Prozent, die bei dieser Diagnose verrecken, alle in Würde sterben wollten und deshalb nicht gehofft und gekämpft haben? Macht euch mal 'nen Kopf, warum ihr so verzweifelt hofft, dass dieser Bastard euch noch mal freigibt. Weil ihr hofft, dass dann auch Schmerz und Leid vorbei sind, und weil ihr euch wünscht, das Leben würde euch all das noch geben, worum es euch bis jetzt beschissen hat. Was wäre, wenn ihr wüsstet: Auch wenn ich nicht zu den 40 Prozent gehöre, ich werde in Würde und Anstand sterben. Ohne Siechtum, ohne dass mein Körper weiter vom Krebs und der Gesundheitsmafia malträtiert wird. Die Hoffnung würde nicht mehr von eurer Angst genährt, ihr brauchtet nicht mehr verzweifelt einem Wunder nachzuhecheln, das genauso wenig kommen wird wie der Superjackpot.

Ihr könntet euch auf das Wesentliche konzentrieren. Ihr hättet die Chance, euch bewusst und selbstbestimmt aus diesem Leben zu verabschieden. Aber mir ist klar, dass das für viele nicht leicht ist. Denn diese Einstellung hat eine Grundvoraussetzung: Man muss für sich eine positive Lebensbilanz ziehen können. Solange man glaubt, das Leben habe einen bisher beschissen, das kann es doch noch nicht gewesen sein, wird man zu der angeschissenen Menge der verzweifelt Hoffenden gehören.

Bei dem Versuch, das Ganze erst mal ein wenig zu verarbeiten, wurde mir eines klar: Der Chaosschuppen mochte in seiner Gesamtheit herausragend in seinem Versagen sein. Was aber die Auswertungen von Untersuchungsergebnissen betrifft, ist er, so scheint es, nur einer aus der Masse der Krankenhäuser, bis hin zu UNI-Kliniken, die mit den Untersuchungsergebnissen von Kassenpatienten nicht sonderlich sorgfältig umgehen. Welche Auswirkungen ein solch schnoddriger Umgang, wie er ja wohl auch an der Uni-Klinik in Münster üblich ist, haben kann, will ich hier einmal für alle Hoffenden verdeutlichen:

Nehmen wir an, ich sei einer der Hoffenden. Nehmen wir weiter an, ich hätte keinen Arzt, mit dem ich freundschaftlich verbunden wäre. Dann hätte mein Weg nach dem ersten Ergebnis aus Münster so ausgesehen:

Der normale Hausarzt überprüft so ein Ergebnis nicht. Schon abrechnungstechnisch wäre das ein Minusgeschäft. Der Onkologe hatte dieses Ergebnis schon akzeptiert und sich Gedanken gemacht über eine weitere Chemoverseuchung. Ich wäre dann also für die nächsten Monate verseucht worden, mit allen negativen Auswirkungen. Mein Blut wäre wieder völlig am Arsch, selbst Spazierengehen wäre nicht möglich gewesen, dafür Übelkeit, Kotzen, Kopfschmerzen und, und, und.

Nehmen wir weiter an, das Kontroll-CT in drei Monaten würde nachweisen, dass es keinen Hinweis auf Metastasen auf der Lunge gibt, was ja nach der korrigierten Auswertung des PET/CT durchaus im Bereich des Möglichen liegt. Dann wären alle glücklich: die Gesundheitsmafia, weil sie den Hoffenden einmal mehr vorgaukeln kann, wie toll ihre Medikamente sind; die Statistik würde geschönt, denn wir können ja davon ausgehen, dass so eine Schlamperei eher Standard als eine große Ausnahme ist. Mein Onkologe wäre der Held, weil er die richtige Mischung für mich angesetzt hat, mein Hausarzt würde mich weiter als Patient behalten, ich würde noch mehr zu ihm aufblicken, denn auch er hat ja ein bisschen an meiner Wunderheilung mitgewirkt. Alle, die mich angefeuert haben, würden ja auch mit partizipieren, denn ich würde ja glauben, dass sie meine wahren Freunde sind, und nicht zuletzt wäre ich oberglücklich, denn ich, als der richtig Verarschte, würde ja glauben, die Geißelung meines Körpers hätte sich ausgezahlt.

Denken wir uns die andere Variante: Der Bastard in mir hätte unbeeindruckt von der Chemoverseuchung in den letzten drei Monaten auch meine Lunge besudelt. Dann wäre die Chemoverseuchung eben leider nicht zielführend gewesen, aber ich hätte ja gewusst, dass meine Chancen mit dieser Diagnose Richtung null tendierten. Also auch dann alles tutto bene; der Uni-Klinik Münster würde man die Schlamperei auch bei dieser Variante nicht nachweisen können, und die Gesundheitsmafia hätte dazuverdient. Meine Ärzte hätten alles gegeben, meine Lieben und meine Verwandten hätten doch so altruistisch mit mir gehofft, nur ich hätte eben drei verschissene Monate mehr, die mir meine Lebensbilanz weiter verhageln und auf dem Weg zum langsamen Verrecken ein Stück voranbringen.

Aber ich bin zum Glück keiner der hoffnungslos Hoffenden. Ich werde es auch niemals sein. Manch einer wird sich jetzt die Frage stellen, ja warum lebt der denn eigentlich noch? Dann werden vielleicht viele antworten, na, weil sein Arzt, der Bernd, sich so großartig für ihn eingesetzt hat. Das ist natürlich völlig richtig. Aber ich lebe auch noch, atme auch noch, weil Dignitas über eine zweite ärztliche Meinung die infauste Prognose bestätigt haben wollte. Ohne Dignitas hätte ich keine Hoffnung auf einen würdevollen Freitod gehabt. Dann hätte es keiner zweiten ärztlichen Meinung bedurft. Eine Überdosis, ein ICE, eine Knarre oder ein Hochhaus brauchen keine Diagnosen. Genau hier zeigt sich die verpisste und verlogene Argumentation dieses Staates. Nicht Dignitas oder ein grundsätzliches Recht auf einen Freitod in Würde sind menschenfeindlich, sondern die Machtbesessenheit dieses Staates und der Kirchen in Verbindung mit einer skrupellosen Gesundheitsindustrie. Sie zwingen die Menschen in diesem P-Staat zu einem unwürdigen Verrecken. Das Recht zur Entscheidung auf ein menschenwürdiges Lebensende, eingebettet in ein gutes Kontrollsystem, würde in vielen Fällen die unwürdige Selbsttötung verhindern, und die Sicherheit, gegebenenfalls immer der Handelnde sein zu können, ließe viele Menschen friedvoller aus diesem Leben scheiden.

Dignitas hat meine neue Situation unglaublich freundlich, ja ich glaube sogar freudig zur Kenntnis genommen. Ich hatte ein langes, angenehmes Gespräch mit der Ärztin in Basel. Auch hier zeigte sich, dass für Dignitas an erster Stelle ein würdevolles Leben steht. Erst wenn die Lebenssituation ohne Ausweg ist, steht Dignitas für ein würdevolles Sterben. Wenn mich nicht die Angst umtriebe, dass Dignitas doch noch unter den Attacken seiner Gegner zur Aufgabe gezwungen werden könnte, hätte ich wohl in dieser Sicherheit meine Ruhe gefunden.

Noch ein Baustein in einem profitorientierten System

Der 22. Oktober 2009 war also noch nicht der Tag meiner Erlösung. Statt in die Schweiz fuhr ich an diesem Tag zur AHB in die Klinik Sonneneck auf Föhr. Was ich dort in nur wenigen Stunden erlebte, bewies mir einmal mehr: Es geht dieser Gesundheitsmafia nicht um den Menschen, nicht mal sekundär. Es geht ausschließlich darum, Kohle zu machen. Anders als in anderen Wirtschaftsbereichen, zum Beispiel dem Einzelhandel, wo darauf geachtet wird, dass beide Seiten mit dem Deal, den sie gemacht haben, zufrieden sind, ist es den Verantwortlichen in so einer Klinik scheißegal, ob sich die Patienten mit ihren Ansprüchen dort wiederfinden. Allerdings sind die Ansprüche vieler Patienten an eine Reha oder Kur auf einem Niveau, das sich durchaus mit dem Gebotenen zufriedengibt. Solange der Patient oder Kurgast die angebotenen Leistungen und Rahmenbedingungen solch einer Maßnahme nicht selbst bezahlen muss, wird er als kühler Rechner immer denken: Einem geschenkten Gaul guckt man nicht ins Maul – außerdem ist das doch genauso gut wie letztes Jahr mein Urlaub auf Malle, im „Null-Sterne-Plus-Hotel", wo ich für 14 Tage all inclusive ja immerhin noch 299 Euro gezahlt habe. Die Anwendungen sind eher ein notwendiges Übel, passen muss das Rahmenprogramm.

Ich bin nach einer Übernachtung wieder abgereist. Hier meine Begründung, die ich so auch an die Arge für Krebsbekämpfung als Kostenträger und an meine Krankenkasse geschickt habe.

Dieter Schnelle
Tannenweg 5
32105 Bad Salzuflen
Dieter.Schnelle@gmx.net
Ruf: 05222/2399792

An die Arbeitsgemeinschaft für Krebsbekämpfung NW
Postfach 100104
44701 Bochum

Bad Salzuflen, 24. 10. 2009

Sehr geehrte Damen und Herren,
sehr geehrte Frau Bartkowiak,

wie telefonisch am 23. 10. 2009, schon kurz geschildert, informiere ich Sie nun umfänglich über die Gründe meine Reha in der Klinik Sonneneck, Wyck auf Föhr, nicht durchzuführen.

Da meine Frau mich begleitete hatte ich ein Doppelzimmer gebucht. Diese Buchung war mir lange vorher auch bestätigt worden. Unsere Anreise erfolgte planmäßig am Donnerstag, 22. 10. 2009, gegen 14.00 Uhr. Wir wurden kurz informiert, dass es um 17.45 Uhr, Abendbrot gäbe, um 19.00 Uhr, würde für die „Neuen" eine Infoveranstaltung stattfinden und bis spätestens 21.00 Uhr, müßten die uns überreichten Fragebögen im Schwesternzimer abgegeben werden. Eher beiläufig bemerkte dann der Herr vom Empfang, dass es ein kleines Problem mit unserem Zimmer geben würde. Die Gäste in diesem Zimmer seien krankheitsbedingt nicht reisefähig. Für uns sei deshalb für die nächsten Tage ein „ Zimmer in der gesperrten Zone" vorgesehen. Meine Frage, um was für eine Erkrankung es sich handelt und was bedeuted ein „Zimmer in der gesperrten Zone", wurde nur ausweichend beantwortet. Man würde alle Zimmer sowieso nach jeder Abreise gründlich desinfizieren. Die „ Zimmer in der gesperrten Zone" würden nur wegen der Bauarbeiten z. Zt. gesperrt sein.

Daraufhin wurde uns mit dem Hinweis, gehen Sie immer weiter bis zum Ende den Gang lang, der Schlüssel überreicht.

Das Zimmer war ca. 9qm groß. Das Mobiliar war alt und schäbig. Es gab einen Tisch und einen Stuhl, die Schlafcouch war nicht bezogen. Es war kalt und der Geruch im Zimmer war modrig. Unmittelbar, ca. 1 mtr. vor dem Fenster waren Baumaterialien gestabelt, die die gesamte Hausseite abdeckten und den Lichteinfall auf rd. 20 cm des oberen Fensterrand begrenzten. Meine Frau ist dann unmittelbar zurück zur Anmeldung gegangen um deutlich zu machen, dass wir in diesem Zimmer nicht eine Nacht verbringen würden. Eine junge Dame meinte dann wir müßten uns damit arrangieren, es sei ja so etwas wie höhere Gewalt wenn Gäste plötzlich erkrankten und die Zimmerplanung nicht eingehalten werden könne. Wir haben dann klargemacht, dass wir sofort wieder nach Hause fahren werden. Daraufhin bat die Dame uns eine halbe Stunde zu gedulden, sie würde nach einer Alternative suchen. Uns wurde dann ein anderes Zimmer angeboten, identische Größe, gleiches Ambiente aber zumindest mit einem freien Blick. Wir haben deutlich gemacht das auch dies keine Langzeitlösung für uns sein wird.

Obwohl in der Klinik bekannt war, dass ich den Großteil meiner Nahrung noch in Form von Flüssignahrung (Fortimel) zu mir nehmen muß, da ich noch ganz erhebliche Schluckprobleme habe, passierte bis um 18.00 Uhr, nichts. Niemand fragte ob ich mir genug Fortimel selbst mitgebracht hätte, kein sonstiges Nahrungsangebot. Das Abendbrotbuffet war absolut nicht auf meine Möglichkeiten der Nahrungsaufnahme ausgerichtet. Dann kam eine Ernährungsberaterin an unseren Tisch und stellte mir in Aussicht das ich mir dann zukünftig aussuchen könnte ob ich mal eine Suppe oder auch etwas Püriertes haben möchte. Von einer Fachklinik hätte ich erwartet, dass so etwas Bestandteil eines Buffet ist. Absolut daneben fand ich das generelle Verbot Geschirr und Nahrung mit aufs Zimmer zu nehmen. Gerade bei etwas festerer Nahrung muß ich mich oft räuspern oder auch richtig abhusten. Mir wäre das, gerade bei der distanzlosen Enge in dieser Kantine, sehr unangenehm. Wenn ich zum Beispiel versuche ein halbes Brötchen und ein Ei zu essen, kann das schon mal bis zu einer Stunde dauern. Ich würde deshalb gerne auf meinem Zimmer essen.

Diese strukturellen Unzulänglichkeiten, die gesamte Atmosphäre dieses Hauses wären für mich schon ein hinreichender Grund gewesen meine Reha dort nicht durchzuführen.

Aussschlaggebend für meine Abreise am nächsten Tag war aber ein Gepräch zwischen anderen Kurgästen, in dem es um einen Virus ging, der schon seit Tagen in der Klinik grassieren sollte. Wir haben dann am Infoschalter nach einem offiziellem Hinweis Ausschau gehalten und einen Zettel mit der entsprechenden Mitteilung und der vorgeschlagenen Verhaltensregeln, gefunden (s. Anlage). Diese Verhaltensregeln wurden bereits durch die erdrückende Enge bei den Mahlzeiten in der Kantine ad absurdum geführt. Aufgrund meiner vorhergegangenen Therapien, Operation, Chemo, Bestrahlung, ist mein Immunsystem total ineffizient. Dieser Tatbestand, der gleichwohl auch für andere Gäste zutreffen könnte, hätte in der Klinik bekannt sein müssen. Eine verantwortungsvolle Klinikleitung hätte mich, unabhängig ob nun das von mir bestellte Zimmer vakant war oder nicht, über diesen Virus informieren müssen. Ich hätte mich dann auf jeden Fall entschieden, zu diesem Zeitpunkt nicht anzureisen. Diese Klinikleitung hat in der Abwägung der Gesundheit des Patienten einerseits oder ihren Profitinteressen, sich eindeutig für ihren Profit entschieden. Ich halte das für menschenverachtend. Wäre ich nicht so krank, würde ich die ganze Angelegenheit einem Rechtsanwalt übergeben. Denn neben den Einbußen bei meiner Lebensqualität hatte ich durch Fahrtkosten, Fährkosten und sonstigen Reisekosten einen nachweislichen wirtschaftlichen Verlust.

Ich stelle mir die Frage, ob ein Kostenträger solche Einrichtungen nicht regelmäßig kontrollieren sollte. Es kann nicht ausreichend sein, ein Schild vom TÜV Nord auszuhängen auf dem dieser Einrichtung ein Freibrief bis 2011 erteilt wird.

Ich werde mich mit meinem Arzt beraten, ob ich überhaupt noch mal eine Reha planen sollte. Ggf. würde ich dann vorab die in frage kommenden Kliniken aufsuchen und mir vor Ort ein Bild machen. Ich habe große Hoffnung in diese Reha gesetzt. Mein Plan ist es, vorausgesetzt die nächste Kontrolluntersuchung spricht nicht dagegen, spätestens ab Februar 2010, wieder zu arbeiten. Dies habe ich bereits so mit meinem Arbeitgeber kommuniziert. Sollte allerdings das Ambiente und die strukturellen Bedingungen der Klinik Sonneneck repräsentativ sein für den Standart der für mich in frage kommenden Rehakliniken, werde ich mit Sicherheit keines dieser Häuser besuchen.

Eine Kopie dieses Schreibens erhält meine Krankenkasse, die BKK Herford-Minden-Ravensberg.

Mit freundlichen Grüßen

(Dieter Schnelle)

Anlage:

Infoblatt: Viruserkrankung

Den Kostenträger, die Arge in Bochum, hat das nicht sonderlich interessiert. Die wollten nur, dass ich mir eine andere Einrichtung suchen sollte. Keinerlei Nachfragen, eher Erstaunen: Ja, wir hören nur, dass die Leute immer wieder gern nach Föhr wollen. Hier die Stellungnahme aus Föhr und mein letztes Antwortschreiben in dieser Sache:

Arbeitsgemeinschaft für Krebsbekämpfung
der Träger der gesetzlichen Kranken- und Rentenversicherung
im Lande Nordrhein-Westfalen

Postanschrift:
Arbeitsgemeinschaft für Krebsbekämpfung, Postfach 10 01 04, 44701 Bochum

Geschäftsführung

Herrn
Dieter Schnelle
Tannenweg 5
32105 Bad Salzuflen

9. Dezember 2009

Sehr geehrter Herr Schnelle,

am 22.10.2009 war Ihr Gesundheitszustand insoweit wieder hergestellt, dass Sie die onkologische Anschlussrehabilitation, in Begleitung Ihrer Ehefrau in der Klinik Sonneneck, Wyk auf Föhr antreten konnten.

Auf Grund Ihrer Erkrankung hatten Sie natürlich genaue Vorstellungen über den Ablauf der Leistung. Diese konnte die Klinik offensichtlich nicht in vollem Umfang erfüllen. Dies bedauern wir, wie auch die Klinikleitung sehr.

Wie wir der Stellungnahme der Klinik entnehmen können, hat man sich aber bereits vor Antritt der Leistung mit Ihnen in Verbindung gesetzt, um die für Sie wichtige Frage der Ernährungsformen während der Leistung zu klären. Das Bemühen der Klinik, gemeinsam mit Ihnen an der Erreichung des Rehabilitationszieles zu arbeiten ist deutlich zu erkennen.

Ihren Hinweis, dass die Arbeitsgemeinschaft, als Vertragspartner der Klinik diese auch zu kontrollieren habe, müssen wir nicht aufgreifen, da es für alle Träger eine Selbstverständlichkeit ist, eng mit den Vertragskliniken zusammen zu arbeiten und diese auch regelmäßig im Rahmen des Qualitätssicherungsprogramms zu besuchen.
Die Arbeitsgemeinschaft setzt diese Vorgabe so um, dass sowohl die Geschäftsführung, als auch der Leitende Arzt und die Ernährungsberaterin die Vertragskliniken in regelmäßigen Abständen besuchen, bei Bedarf natürlich auch kurzfristig. Vor Ort werden dann auch nochmals die Kritikpunkte der Patienten, sofern welche vorliegen, diskutiert.

Die Klinik Sonneneck wird von den Patienten der Arbeitsgemeinschaft gerade wegen der medizinischen Kompetenz und der menschlichen Wärme sehr geschätzt. Ihre Hinweise haben uns doch sehr erstaunt.
Zur Klärung haben wir uns mit der Klinikleitung in Verbindung gesetzt. Auch diese zeigt sich sehr betroffen über die doch sehr massive Kritik und teilt hierzu mit:

Stellungnahme des Verwaltungsdirektors

„Es tut mir persönlich sehr leid, dass es uns nicht gelungen ist, den Vorstellungen des Patienten und seiner mit angereisten Ehefrau zu genügen. Selbstverständlich nehmen wir solche Vorkommnisse sehr ernst.

Leider war ich selbst nicht im Hause und konnte daher zu dem Gespräch mit dem Ehepaar Schnelle nicht hinzugezogen werden, was andernfalls geschehen wäre.

Vertretungsweise übernahm unsere Qualitätsmanagement- und Hygienebeauftragte, die Betreuung der Eheleute Schnelle und bemühte sich um eine Lösung zu deren Zufriedenheit.

Die AHB-Maßnahme von Herrn Schnelle sollte fristgerecht am 06.10.2009 beginnen. Vermerkt war er als Patient auch bereits im Vorfeld für unsere Diätassistentinnen. Seinerzeit zwar ohne Port oder PEG, aber durch Zungengrund CA mit Beschwerden für vermehrten Bedarf im Ernährungsbereich berücksichtigt. Am 16.09.2009 wurde dieser Termin seitens Herrn Schnelle mit dem Wunsch der Verschiebung abgesagt. Grund: Er könne noch nicht richtig essen, wolle dies aber können, bevor er zur Reha fährt. Also wurde die Maßnahme verschoben auf den 22.10.2009. Weiterhin wurde Herr Schnelle jedoch für die Betreuung durch unsere Ernährungstherapeutinnen vorgesehen. Eine spezielle Ernährung in Form von angesprochener Trinknahrung wurde seitens unserer Therapeutin telefonisch am 12.10.2009 persönlich mit Herrn Schnelle besprochen, spezielle Wünsche erfragt, damit die Bestellung der gewünschten Trinknahrung rechtzeitig am Anreisetag vorrätig ist.

Die Nahrung war auch bei der Anreise vorhanden. Sie werden verstehen, dass derartige Sonderkostformen keinen Platz in unserem Buffetbereich finden, sondern individuell bereitgestellt werden. Die Zimmerversorgung findet gerade bei HNO Patienten sehr häufig, vorwiegend aus den von Herrn Schnelle genannten Gründen, im eigenen Patientenzimmer statt. Die Versorgung wird dann durch den Pflegedienst sichergestellt. Man muss uns jedoch die Chance dazu geben und den Wunsch zumindest geäußert haben.

Zu Beginn der ersten gemeinsamen Mahlzeit nach Anreise wurde das Ehepaar Schnelle von unserer Ernährungstherapeutin begrüßt, hier findet eine Klärung über etwaige, weitere Wünsche oder Änderungen statt. Bereits hier versuchen wir auch zu besprechen, welche therapeutische Vorgehensweise gemeinsam zu verfolgen ist, auch um keine Zeit zu verschenken, eventuelle Kostumstellungen (Fortschritte) zu ermöglichen.

Von Beginn an hatte Herr Schnelle den Wunsch von seiner Ehefrau begleitet zu werden. Diese Möglichkeit bieten wir an. Herr Schnelle erhielt von uns einen Beherbergungsvertrag, den er ausgefüllt zu beiden Terminplanungen an uns zurückschickte. Unsere Beherbergungsverträge für Begleitpersonen sind verbindlich, sofern die Klinik diese Kapazitäten auch realisieren kann. Dieser Umstand ist jedem Patienten bei Vertragsabschluss schriftlich bekannt. Eine andere Durchführung wird es in der Klinik Sonneneck auch nicht geben, da wir viel zu vielen Unwägbarkeiten ausgesetzt sind (Krankheit des Zimmervorgängers, nicht frei werdende Kategorien, etc.). Herr Schnelle entschloss sich diesen Beherbergungsvertrag für seine Frau, mit dem Zusatz zu unterschreiben, „Wunsch Zweibettzimmer – sonst 2. Wahl – fest installierte Schlafcouch".

Bei Anreise gab es nicht die Situation, gar kein Zimmer für das Ehepaar Schnelle zu haben, sondern der Kategorie mit oberster Priorität nicht entsprechen zu können. Herrn Schnelle über diese Situation telefonisch während der Anreise zu unterrichten wäre praktikabel gewesen, in meinen Augen jedoch höchst unpersönlich, obendrein unprofessionell. Die wirkliche Notwendigkeit durch einen nicht reisefähigen Rehagast einen Zimmertausch vorzunehmen, ergab sich zudem erst in der Nacht vor Anreise. Bei längerer Planbarkeit wären auch wir in der Lage gewesen, andere Vorkehrungen zu treffen. Leider war jedoch auf Grund der aktuellen Feriensituation auch keine Möglichkeit der externen Unterbringung für z.B. die erste Nacht, wenngleich dies keine von uns praktizierte Möglichkeit während einer stationären Maßnahme darstellt.

Ein Umzug in die gewünschte Kategorie wurde von uns von vornherein zu schnellstmöglichem Zeitpunkt angeboten. Eine „Langzeitlösung" wie von Herrn Schnelle benannt war also überhaupt nicht geplant.

Ausschlaggebend für die Abreise sei jedoch die erst am nächsten Tag von Herrn Schnelle wahr genommene Viruserkrankung einiger Patienten im Haus gewesen. Wegen dieser allerdings hat er sein eigentlich gewünschtes Zimmer am Vortag nicht beziehen können. Auf diese wurde bereits bei Anreise am Vortag durch Mitarbeitende der Klinik wie auch durch Aushänge sehr deutlich und offen hingewiesen. Das Zertifizierungsschild des TÜV Nord Cert ist weit weniger deutlich zu erkennen. Allein um Offenheit und Transparenz zu schaffen suchen wir generell den direkten und sehr offenen Weg zum Patienten und bieten Lösungen, die auch für Herrn Schnelle ausreichend und sofort möglich gewesen wären. Der Erfolg gibt uns Recht. Kein Virus hat bisher starke Auswirkungen bei uns verursacht. Im Gegenteil: Selbst die Gesundheitsämter sind erstaunt wie schnell und reibungslos eingeschleppte Erkrankungen von uns erkannt und erfolgreich behandelt werden. Von der Notwendigkeit der Offenheit gegenüber unseren Patienten werde ich auch nicht abweichen. Durch entsprechende Vorkehrungen bestand jedoch nie ein Grund Patienten nicht anreisen zu lassen.

Die Mitarbeiter der Arbeitsgemeinschaft kennen unser Haus seit langer Zeit, denn sie machen sich selbst ein Bild ‚Ihrer Häuser'. Aus diesem Blickwinkel verzichte auch ich, mich zu den weiteren, von Herrn Schnelle als „menschenverachtenden" Unzulänglichkeiten des von mir geführten Unternehmens zu äußern. Hierfür bitte ich um Verständnis.

Außer Frage steht – und das möchte ich noch einmal besonders betonen – dass sich jeder Mitarbeitende in unserer Klinik gerne auch weiterhin für die erfolgreiche Durchführung der Rehamaßnahme von Herrn Schnelle mit aller Tatkraft eingesetzt hätte.
Maßstab für die Bewertung einer Rehabilitationseinrichtung ist unter anderem neben der Patientenzufriedenheit und dem Rehabilitationserfolg der Patienten auch, wie wohl sich der überwiegende Teil aller Rehabilitanden bei uns fühlt. Dieses Gefühl hätten wir Herrn Schnelle gerne gegeben. Leider haben wir in diesem Fall versagt. Das tut mir ausdrücklich leid. Natürlich haben wir jeden, von Herrn Schnelle angegebenen Punkt in unser Beschwerdemanagement aufgenommen und werden versuchen in diesen Bereichen unsere Leistungen nicht zuletzt aufgrund der jetzigen Erfahrungen weiter zu optimieren."

Stellungnahme der Qualitäts- und Hygienebeauftragte

„Ich habe mit Herrn Schnelle gesprochen, nachdem seine Frau an die Rezeption gekommen war, um sich über das Zimmer zu beschweren.

In der Tat handelt es sich hierbei nicht um die für ihren Mann, entsprechend seiner angegebenen Wünsche, ursprünglich vorgesehene Zimmerkategorie (Doppelzimmer mit Balkon und Meerblick. Ein solches Zimmer war leider nicht verfügbar, da die Patientin, die an diesem Tag aus einem solchen abreisen sollte, nicht reisefähig war. Es stand in dieser Kategorie kein weiteres Zimmer zur Disposition.

Da Herr Schnelle mit dem „Übergangszimmer" nicht einverstanden war, habe ich mich bemüht ihm eine Alternative zu bieten. Ich habe ihm zwei weitere Zimmer gezeigt, von dem eins zur ruhigen Gartenseite lag und gerade frisch renoviert worden war. Allerdings entschied Herr Schnelle sich für das andere Zimmer, das die gleiche Einrichtung besitzt wie das von ihm abgelehnte „Übergangszimmer". Ich habe Herrn Schnelle mehrmals informiert, dass er selbstverständlich umgehend in das von ihm „gebuchte" Zweibettzimmer umziehen kann, sobald die erkrankte Patientin abgereist sei.

Da die Symptome bereits am Abklingen waren, ging die behandelnde Ärztin davon aus, dass das Zimmer am Sonntag den 25.10.2009 frei werden würde. Natürlich wäre dieses Zimmer auch am Sonntag bezugsfertig gemacht worden. Herr Schnelle zog es allerdings vor, am Freitag den 23.10.2009 abzureisen.

Bei der Infektion, an der einige unserer Patienten erkrankten, handelte es sich um eine Magen-Darm-Infektion. Diese grassiert z.Zt. vielerorts, leider auch bei uns auf der Insel.

Wir haben sofort ein umfangreiches Maßnahmenprogramm eingeleitet, welches die Aufklärung der Patienten und Unterbrechung der Infektionswege (durch Quarantäne der betroffenen Patienten, Zimmerversorgung, fortlaufende Desinfektion aller Kontaktflächen) beinhaltet. Alle Maßnahmen wurden vom Gesundheitsamt in Husum als sinnvoll, wirksam und ausreichend bewertet. Eine Notwendigkeit, zur Anreise geplanten Patienten abzusagen, bestand nicht."

Sehr geehrter Herr Schnell, zwischenzeitlich konnten Sie die notwendige Anschlussrehabilitation in der Deister Süntel Klinik in Bad Münder durchführen. Wir hoffen, dass Sie dort den erwünschten Rehabilitationserfolg erzielen konnten.

Die Arbeitsgemeinschaft wünscht Ihnen für die Zukunft alles Gute.

Mit freundlichen Grüßen

Von: "Dieter Schnelle" <dieter.schnelle@gmx.net>
An: <udo.hogrebe@kbs.de>
Gesendet: Freitag, 11. Dezember 2009 22:07
Betreff: Klinik Sonneneck, Föhr

Sehr geehrter Herr Hogrebe,

im Gegensatz zu Ihnen bin ich weder erstaunt, noch verwundert über Ihre Reaktion. Es ist doch auch wirklich dreist, wenn da so`n Krebstyp, dem doch nur geholfen werden soll, sich auch noch beschwert. Sie wissen doch, Undankbarkeit ist der Welt Lohn. Wie kann man nur eine so untadelige Klinik kritisieren? Auch wenn Sie es nicht hören wollen, hier noch mal meine Kritik:

1.) Ich bin um 14.00 Uhr angereist. Um 17.30 Uhr wurde mir für den nächsten Tag Fortimel angeboten. Ich hatte darauf hingewiesen, dass ich mich auch ohne PEG vorrangig über diese hochkalorischen Drinks ernnähre.
2.)Das uns zuerst zugewiesene Zimmer, lag in einem gesperrten Baustellenbereich. Er war tagelang oder wochenlang nicht belüftet. Es roch muffig. Im Badezimmer roch es ekelig. Das Zimmer war defacto ohne Tageslicht, da vor dem Fenster in ca. 1 mtr. Abstand, Baumaterialien gestabelt waren. Nur ein schmaler Streifen von rd. 20 cm am oberen Fensterrand ließ etwas Licht hinnein.
3.) In den Informationen A - Z, der Klinik Sonneneck, heißt es unter Punkt "Gläser und Geschirr": Bitte nehmen Sie keine Gläser, Bestecke oder sonstiges Geschirr mit auf Ihr Zimmer. Die Logistik das Frühstück unter diesen Bedingungen aufs Zimmer zu kriegen, dürfte wirklich eine echte Herausforderung sein.
4.) Richtig ärgerlich ist aber die Anmaßung der Klinikleitung, für mich zu entscheiden, ob ich unter den gegebenen Bedingungen eines grassierenden Magen,- Darmvirus anreisen will oder mir das Risiko der Ansteckung zu hoch ist. Alle Ärzte, mein Hausarzt, mein HNO-Arzt und der Onkologe, haben die Richtigkeit meiner Entscheidung voll umfänglich bestätigt. Meine Blutwerte waren in der Klinik bekannt.

Ein Hinweis zum Schluß; dies hier sind Fakten, eine Aussage zu so sumpfigen Floskeln wie menschliche Wärme oder medizinische Kompetenz habe ich nicht getroffen.

Dieses Thema ist damit für mich jetzt abgeschlossen.

MfG

Dieter Schnelle

Ich gehe davon aus, dass noch nie jemand von der Arge als Kostenträger auf die Idee gekommen ist, eine dieser Kliniken einmal zu kontrollieren. Warum auch? Niemand hält sie an zur Kostenkontrolle, und wenn, dann wird nur nach dem Rasenmäherprinzip gekürzt: Alle Kliniken kriegen für drei Mahlzeiten pro Person/Tag statt 9,78 nur noch 9,32 Euro. Ist einfach, lässt sich vom Schreibtisch aus machen, und Proteste sind von der Masse der Kurgäste nicht zu erwarten. Die Effektivität solcher Kliniken wird an keiner Stelle geprüft, über Alternativen wie ambulant vor stationär wird erst gar nicht nachgedacht. So etwas wie einen Wirksamkeitsdialog gibt es mit Sicherheit nicht. Warum auch? Die Arge für Krebsbekämpfung ist genauso ein Nutznießer des Krebses wie die Rehaeinrichtungen. Man stelle sich vor, es gäbe morgen keinen Krebs mehr; das wäre für große Teile dieser Gesundheitsmaschinerie der Supergau. Denn viel mehr Kohle als an einem Krebskranken kann man kaum verdienen. Das gilt besonders für jemanden mit einer robusten Konstitution, der gleichzeitig zu den ewig Hoffenden zählt, aber natürlich auch für alle, denen dieser Staat das Menschenrecht auf ein würdevolles Sterben verweigert.

Nach der AHB – Neuer Anlauf Reha

Um keinen Stress mit meiner Krankenkasse zu kriegen, entschloss ich mich, meinen guten Willen zu zeigen, und schaute mich nach einer anderen Klinik für die AHB um. Eigentlich gibt es nur vier Reha-Einrichtungen, die einen Schwerpunkt in der Nachsorge von Krebserkrankungen im HNO-Bereich haben. Neben „Sonneneck" ist das unter anderem die Rehabilitationsklinik Bad Münder. Da diese nur rund 60 Kilometer von meinem Wohnort entfernt liegt, habe ich mich vorab direkt vor Ort informiert; mir ein typisches Zimmer zeigen lassen, abgeklärt, dass man auf dem Zimmer essen kann, etc. Nachdem dort für mich alles okay erschien, habe ich einen Antrag gestellt und einen Termin für einen dreiwöchigen Aufenthalt ab dem 19. November 2009 bekommen.

Vorab habe ich alle Termine zum Durchchecken nach dieser Reha geplant: Radiologe, HNO, Onkologe. So konnte ich sicher sein, dass ich für den Fall, dass der Bastard sich weiter in meinem Körper gemütlich einrichten wollte, von unterschiedlichen Fachärzten eine entsprechende Bestätigung erhalte. Mit Bernd wollte ich einfach noch mal so quatschen.

Außerdem bereitete ich während dieser Zeit eine Thailandreise vor. Je nachdem, wie der Check ausfallen würde, wollte ich entweder in die Schweiz oder versuchen, mir das nötige NaP in Thailand zu beschaffen. Gerade auch vor dem Hintergrund, dass die willfährigen Schergen, von denen ich am Anfang dieses Berichtes gesprochen habe, nun auch in der Schweiz eine neue Gesetzesinitiative starten wollen mit dem Ziel, einen würdevollen Freitod für die Schweizer selbst zu erschweren und vor allem für Ausländer völlig zu verbieten. Also: Grenzen dicht für alle, die als letzten Ausweg die Schweiz gesehen haben, weil ihr eigenes Land ihnen das Recht auf einen Freitod nach ihren Wünschen nicht zubilligt. Wenn auch zu diesem Zeitpunkt,

Dezember 2009, noch nicht sicher war, ob das Vorhaben, das vor allem von einer karrieregeilen Bundesrätin angetrieben wurde, erfolgreich sein würde. Eigentlich handelte diese Frau ja äußerst konsequent. Was scheren sie die Nöte der Krepierenden aus aller Herren Länder? Das sind keine Wähler, die bringen keine Devisen mehr ins Land, aber man kann mit dieser Aktion seine eigene Lobby bedienen, denn ein Verbot dieser Gruppe ist eine gewonnene Schlacht in ihrem Kampf gegen einen würdevollen Freitod. Ich wollte nicht abwarten, konnte nicht abwarten, ich brauchte Sicherheit. Ich würde also für den Fall, dass der Bastard in mir noch auf Tauchstation ist, spätestens am 12. Januar 2010 nach Thailand fliegen.

Sonst ging es mir nach wie vor beschissen. Neben der Reiseplanung plätscherten die Tage dahin, alles ohne Sinn und Verstand. Lustlos, kraftlos, alles war Zwang oder resultierte aus dem Unterbewusstsein. Die Spaziergänge, die Nahrungsaufnahme, die Termine bei den Ärzten oder Physiotherapeuten, der selbstaufgezwungene Kinobesuch, die lächerlichen Trainingseinheiten im Kraftraum, das kraftlose Strampeln auf dem Rollentrainer, bei dem mir die alten Vergleichswerte mein Krüppeldasein erbarmungslos zeigten, der Versuch, beim Italiener essen zu gehen, der jämmerlich scheiterte: Ich verschluckte mich an der ersten Nudel, das Stück Lachs, das an ihr klebte, machte eine Sightseeingtour durch meinen Rachen, um dann, nach einem Erstickungsanfall, aus meiner Nase, in einem grünlich, braunen und an den Rändern blutigen Schnotten geschwenkt, wieder auf meinem Teller zu landen; die Sache war gelaufen. „Hat es Ihnen nicht geschmeckt?" „Doch, danke, alles super!" Es ist zum Kotzen. Und noch etwas fehlte mir total: Diese verfluchte Verstrahlungs- und Verseuchungsfolter hatte offensichtlich nicht nur meine Muskeln gefressen, irgendwie hat mir dieser Dreck auch sämtliches Testosteron aus meinen Eiern gesogen. Vögeln ging einfach nicht mehr. Die wenigen Versuche scheiterten erbärmlich. Auch die

Morgenlatte war endgültig Geschichte. Die war zwar auch vor dem Auftauchen des Bastards nicht mehr so präsent gewesen wie früher, aber immer mal wieder hat sie mir bestätigt, da geht noch was, und das bist du und nicht irgendeine Chemiekeule. Wie gesagt, mit Sex wollte dieses ausschließlich zum Pissen degradierte, schrumpelige, kleine Etwas nichts mehr zu tun haben. Was ich Uschi anbieten konnte, waren meine Hände, denn auch meine Zunge war nach dieser OP unbeweglich, kürzer, ohne Kraft, eben einfach verstümmelt. An eine richtige Vögelei mochte ich nicht mal mehr denken, denn es machte mich wütend und traurig. Alle krampfhaften Versuche, meinem geschundenen Körper ein wenig Normalität vorzugaukeln, scheiterten jämmerlich. Ich litt noch mehr, wenn ich bemerkte, dass ich null Toleranz hatte. Die kleinsten Missverständnisse zwischen mir und Uschi ließen mich explodieren. Unmittelbar danach hätte ich mir am liebsten selbst aufs Maul gehauen. Uschi war auch hier unglaublich geduldig und verständig, aber ich weiß, dass sie litt. Ich bin sicher, ich würde das alles leichter ertragen, wenn ich endlich den für mich akzeptablen Weg gefunden hätte, der mir zumindest schon mal eine echte Perspektive böte. Ich kann mich nicht anfreunden mit dem Sprung von einer Brücke, damit, von einem ICE zerfetzt zu werden oder mit einer alten Schrottkarre ohne Airbag einen Betonpfeiler zu rammen. Auch eine Knarre ist für mich nur eine Notlösung, die mir nicht behagt. Meine Suche ging weiter, und ich fing an, neben dem Bastard in mir und diesem nicht fassbaren Gebilde eines verpissten Staates mich selbst zu hassen. Ungefähr eine Woche vor Beginn der Reha fing ich an, nachts zu schwitzen, manchmal leicht, manchmal aber auch so, dass ich meine Klamotten wechseln musste. Spätestens seit dieser Zeit war mir klar: Der Bastard lauert irgendwo in dir.

Die Reha-Klinik in Bad Münder repräsentiert wohl das, was man als Kassenpatient von solch einer Klinik erwarten darf. Die Klinik Sonneneck auf Föhr will ich mal als absoluten Ausrutscher nach unten außen vor lassen. Mein Zimmer war wirklich o. k., Frühstück und Abendbrot anfänglich erträglich, nach der zweiten Woche hatte ich es aber über. Das Mittagessen war nicht meine Welt, aber das mag auch daran liegen, dass ich sonst nie warm zu Mittag esse. Es gab mir aber auch einfach zu oft zermatschtes Fleisch, das dann als Putenfrikadelle, als Falscher Hase, als normale Frikadelle, als Hackbraten oder unter anderen Pseudonymen auf dem Teller landete. Dieses gebratene Fleischmus war übrigens nicht speziell für Patienten mit Schluckbeschwerden vorgesehen, sondern fester Bestandteil der Speisekarte, auf der täglich drei Mittagsgerichte zur Auswahl angeboten wurden.

Ein Witz waren nur die Anwendungen, die man mir anfänglich zubilligte: Im Schnitt waren das nicht mal 25 Minuten täglich. Die hatten tatsächlich für mich nur einmal wöchentlich eine Lymphdrainage vorgesehen, die einzige Therapie, die mir nicht immer, aber von Fall zu Fall wenigstens für ein paar Stunden Erleichterung verschaffte. Nach wiederholtem ärgerlichem Intervenieren bis hin zum Chefarzt war mein Behandlungsplan für mich einigermaßen akzeptabel. Was nicht heißt, dass ich nun auf Grund der zahlreichen Anwendungen ins Schwitzen kam. Da waren immer noch Tage dabei, wie zum Beispiel der Freitag, an dem ich zwölf Minuten Anwendungen hatte und dann ab mittags bis zum Montagmorgen nichts mehr passierte. Solange Abrechnungen mit diesen Kliniken über Pauschalen erfolgen, muss man eben darum kämpfen, wenn man wirklich angemessen behandelt werden will. Für die Klinik sind natürlich die Karteileichen, die so eine Reha ganz anders sehen und für die die Anwendungen eher ein notwendiges Übel sind, viel interessanter.

Ein letztes Wort noch zu meinen Physiotherapeuten in der Klinik: Gut war, dass man von denselben behandelt wurde, und sowohl die Lymphdrainagen als auch die Massagen waren mir angenehm.

Mein Gesundheitszustand in der Klinik plätscherte weiter auf niedrigem Niveau vor sich hin. Ich versuchte meine Kalorienzufuhr zu erhöhen. Mit Maltodextrose, das ich meinen Getränken untermischte, und mit Fresubin kamen so rund 800 Kalorien zusätzlich jeden Tag zusammen, sodass ich in der Spitze 3000 Kalorien am Tag erreichte. Wenigstens etwas zunehmen! Schlafen war aber 'ne glatte Sechs. Jede Nacht mindestens einmal geschwitzt wie Sau. Entweder danach stundenlang wach gelegen oder eingeschlafen und im Zehnminutenrhythmus wach geworden. Ich war schlapp wie eh und je. Am vorletzten Tag vor meiner Abreise habe ich dann Blut geschissen. Keine Ahnung, was das war: Satelliten des Bastards, Nebenwirkungen des Scheißmittels gegen Sodbrennen, das ich nach dieser Chemoverseuchung als Dauerindikation schlucke, oder eine geplatzte Hämorrhoide. – Noch 'ne Metamorphose: Erst vom Athletiker zum Leptosomen, jetzt vom Mann zur Frau, der seine Tage aus dem Arsch kriegt. Ich überlegte, gleich zu Schlecker zu gehen und mir'n paar Tampons zu holen. Dieser Tag war die Hölle. Ich schwitzte bei der kleinsten Anstrengung. Auf dem Ergometer ging mein Puls nach oben, als sprintete ich einen steilen Berg hinauf. Gleichzeitig fing ich an zu schwitzen. Ich brach nach 20 Minuten ab, nachdem ich dreimal die Wattzahl ohne Erfolg reduziert hatte. Als nachmittags selbst ein Spaziergang zum Survivaltraining wurde, ging ich auf mein Zimmer und war voller Sorge: Was wird morgen sein? Wenn dann wieder dein zwar verseuchtes, aber immer noch kostbares Nass aus dem Arsch läuft, dann wird es eng mit Thailand. Dann musst du tatsächlich noch jemanden in deinen Arsch gucken lassen. Kacke, jetzt auch noch'n Termin beim Proktologen. Mit Sicherheit zwei bis drei Wochen Wartezeit. Auf keinen Fall will ich in ein Krankenhaus. Es graut mir davor, ins Bett zu gehen. Ich kriege leichte Panik vor morgen früh. Was ist, wenn dein Morgenschiss wieder voll ist mit deinem wertvollen Saft?
Ich habe die Schnauze voll. Ich will nicht mehr. Eine Lösung muss her. Bald, sehr bald!

Nach einer endlosen, total zermürbenden Nacht, einem lustlos heruntergewürgten Frühstück ab zur Toilette. Kein Blut. Ich bin erleichtert. Am nächsten Tag ab nach Hause.

Die nächsten Tage waren ausgefüllt mit der Planung der Thailandreise. Flug und ein Hotel für die ersten Tage waren schnell gebucht. Richtig scheiße lief es mit einer Connection in Thailand. Ein wirklich alter Freund hatte mir von einem Typen erzählt, der seit Jahren dort lebt. Er besorgte mir die Telefonnummer, womit ein aberwitziger Telefonstress losging. Drei Tage wählte ich zu jeder Tages- und Nachtzeit diese verlauste Nummer. Zwischenzeitlich sollte der Typ Kontakt zu Angehörigen in Deutschland gehabt haben und hatte signalisiert, dass er mich gegen entsprechende Kohle bei meinen Kaufabsichten unterstützen wolle. Nach drei Tagen, ich war bereits am Kochen vor Wut, rief der Typ mich an. Schnell erklärte ich ihm, worum es geht. Er meinte dann völlig cool, aber doch eher ziemlich verblödet, er gehe mal eben zu seiner Apotheke und könne das Zeug gleich kaufen oder bestellen. Als ich einwandte, dass dies auch in Thailand vielleicht nicht ganz so easy sein könnte, meinte er arrogant: In Thailand sei ihm alles möglich. Mit den Worten, er melde sich in 'ner halben Stunde zurück, beendete er das Gespräch. Ich saß dann an diesem Tag geschlagene sechs Stunden am Telefon und versuchte von da weitere drei Tage permanent, diesen Idioten zu erreichen. Nichts. Am dritten Tag sagte ich zu Uschi, dies ist mein letzter Versuch, dann vernichte ich die Rufnummer, lösche sie aus meinem Apple und wenn dieses hirnverbrannte Arschloch sich dann noch mal meldet, werde ich ihm sagen, dass er sich verpissen soll. So unglaublich es klingt, es kam zu einer Verbindung, und der Penner war am Apparat. Noch besser, er entschuldigte sich, allerdings so tumb, dass ich 'nen Kotzreiz bekam. Angeblich war er auf dem Weg zur Apotheke von einem Moped angefahren worden und mit einer schweren Gehirnerschütterung ins Krankenhaus gekommen. Er meinte dann, sicher sei er aber immer über seine Mailadresse zu erreichen! Ist der hohl? Warum nicht gleich? Wie auch immer, wir tauschten die Adressen aus, mailten hin und her, lief alles super. Ich cancelte mein Hotel in Bangkok und buchte auf sein Anraten ein Hotel in Pattaya/Jontiem. Dieser vollbräsige Mutant meinte, dann könne er ja auch den Transfer von Bangkok nach Pattaya machen. Von mir aus, sagte ich, wenn es nicht mehr kostet als die Taxifahrt. Wir haben dann noch über seine Aufwandsentschädigung gesprochen, bei Erfolg sollte er 500 Euro bar auf die Kralle kriegen. Danach schien er sehr begeistert, denn mit der Kohle kannst du locker zwei Monate in Thailand leben. Er war wieder und wieder am mailen. Dann urplötzlich – ich hatte ihn per Mail gefragt, ob er mich jetzt definitiv abholen könnte, falls nicht, solle er mir eine Adresse in Pattaya geben, an der wir uns treffen könnten – kam nichts mehr. Ich hab noch drei Mails losgeschickt. Dann hatte ich diese dumme Sau einfach abgehakt. Natürlich wäre es gut gewesen, einen Thai sprechenden Kontakt zu haben, aber auf so einen unzuverlässigen Idioten kann ich gerne verzichten.

Doch dann meldete sich dieser Idiot erneut: Per Mail meinte er, er habe es in den letzten drei Tagen nur etwas ruhiger angehen lassen wollen. Es würde alles laufen wie besprochen. Er würde mich vom Flughafen abholen lassen und sich dann im Hotel mit mir treffen. Ich sollte ihm Ankunftsdatum und Flugnummer schicken. Erledigte ich prompt, und er bestätigte mir, dass nun alles klar sei.

Vor der Reise wollte ich unbedingt noch den Port aus meinem Körper heraus haben. Dann gab es an mir endlich wieder nur die Körperöffnungen, die die Evolution vorgesehen hatte, ich war gewissermaßen renaturiert. Ich hatte Glück und bekam zwischen Weihnachten und Neujahr einen Termin im Klinikum Herford. Da eine Portentnahme nur stationär durchgeführt wird, musste ich morgens um 8.00 Uhr dort antanzen, bekam ein Bett und musste dann mit zwei anderen Kassenpatienten bis um 13.00 respektive 14.00 Uhr warten, bis wir nacheinander an die Reihe kamen. Insgesamt waren für Portimplantationen und Portextraktionen sechs Personen um 8.00 Uhr bestellt. Fakt ist, dass die anderen drei, die in einem anderen Zimmer untergebracht waren, vor uns dran waren und dass die beiden Patienten in meinem Zimmer genau wie ich Kassenpatienten waren. Nun mag man glauben, es sei reiner Zufall gewesen, dass die anderen drei alle vor uns an die Reihe kamen und dass es sich nicht um Privatpatienten gehandelt hat. Kein Zufall ist aber, dass wir drei alle einem jungen Arzt zum Einüben von Portimplantationen bzw. -extraktionen dienten. Unter der Anweisung eines Oberarztes war meine Portextraktion langwierig und schmerzhaft. Auch die anderen beiden Patienten hatten sehr wohl bemerkt, dass hier einer am Üben war. Für jeden von uns hatte man eine Erklärung parat, warum die Geschichte problematischer war als gewöhnlich. Ich jedenfalls hatte hinterher einige Tage länger als beim Einsetzen des Ports Probleme und Schmerzen. Ich gehe jede Wette ein, dass eine solche Geschichte nur mit Kassenpatienten läuft, denn der Privatpatient hat ja Chefarztbehandlung inklusive, und bei örtlicher Betäubung kann man ihn wohl kaum bescheißen. Glaubt nicht all den Oberwichsern, die euch quer durch alle Parteien und selbst in den Gewerkschaften immer wieder verkaufen wollen, es gebe keine Zweiklassengesellschaft im Gesundheitssystem dieses P-Staates, alle kranken GK-Versicherten haben die Wirklichkeit täglich zu erfahren und zu ertragen. Wer jetzt einwendet: Aber irgendwie müssen junge Ärzte doch üben – ja klar, aber bitte bei allen. Oder wollt ihr für immer die Dummys der Privatversicherten sein?

Zwei Monate später musste mir Bernd die angeblich selbstauflösenden Fäden aus der entzündeten und schmerzhaften Narbe entfernen!

Zwischendurch hatte ich eine Kontrolluntersuchung, eine CT für Schädel, Hals und Oberkörper. Auch diese Ergebnisse will ich hier veröffentlichen:

G e m e i n s c h a f t s p r a x i s

Terminvergabe CT/NUK/Rö Tel.: 05221/1066-510
               Kernspin   Tel.: 05221/1066-410

MVZ-Herford   Schnelle
Dres. med.   Dieter
Fä für innere Medizin   *09.09.1950
                                     32105 Bad Salzuflen
                                     Tannenweg 5
                                     BKK HMR M1 ü
                                     ,
                                     H38115/09
                                     F-CDS/K-0
                                     15.12.2009   B/fh

Sehr geehrte Herren Kollegen,

vielen Dank für die freundliche Überweisung des o.g. Patienten.

Rechtfertigende Indikation:
Zustand   nach   Resektion   sowie   Radio-   und   Chemotherapie   bei
Oropharynxcarcinom. Verdacht auf Lungenfiliae. Kontrolle.

Computertomographie des Schädels vom 14.12.2009:

Technik:
Axiale Schichtung der hinteren Schädelgrube in 2 mm Schichtdicke,
des übrigen Neurocraniums in 3 mm Schichtdicke primär während
masch. KM- Injektion.
Rekonstruktion im Knochenfaltungskern.

Befund:
Homogenes Hirnparenchym ohne Raumforderungs- bzw. Defektnachweis.
Altersentsprechende Weite des symmetrisch angelegten Ventrikelsy-
stems,   auch   die   äußeren   Liquorräume   erscheinen   normal weit.
Unauffällige   Darstellung   der   inneren   Gehörgänge   sowie   der
regelrecht belüfteten Mastoidzellen. Schädelbasis und mitabgebil-
dete Anteile des Gesichtsschädels sowie der NNH zeigen keine
Auffälligkeiten.

Beurteilung:

Brief

Unauffälliges Schädel-CT, kein Nachweis einer intracraniellen Raumforderung oder einer frischen oder älteren Infarzierung.

Computertomographie der Halsweichteile vom 14.12.2009:

Technik:
Spiralcomputertomographie der Halsweichteile mit 2,5 mm Schichtdikke von der Schädelbasis bis zum Lungenapex. Primäre intravenöse Kontrastmittelgabe. Auswertung im Weichteil-, Knochen- und Lungenfenster mit multiplanaren Reformationen.

Befund:
Zur vergleichenden Befundung liegt die MRT-Voruntersuchung der Halsweichteile vom 10.06.2009 vor. Persistierende Asymmetrie der Oropharynxstrukturen und des Hypopharynx. Seitengleiche symmetrische Stellung der Plicae vocales. Wohl Zustand nach Teilresektion des Os hyoideum links mit seitenasymmetrischer Konfiguration. Persistierende erhebliche ödematöse Dichteanhebung der cervicalen Fettlamellen. Suspekte oder pathologisch vergrößerte Lymphknoten zeigen sich unverändert nicht. Die mitabgebildeten Abschnitte der Nasennebenhöhlen sowie des unteren Neurocraniums zeigen einen regelrechten Befund. Physiologische Darstellung der nuchalen Weichteile. Mäßige Osteochondrosen der Segmente C3 bis C7 sowie mäßige Spondylarthrosen. Keine Osteodestruktionen.

Beurteilung:
Persistierende, im Verlauf leicht rückläufige (unter Berücksichtigung der Untersuchungstechnik) Strukturveränderungen der cervicalen Weichteile. Aktuell kein Anhalt für ein Tumorlocalrezidiv respektive eine lymphogene Metastasierung.

Computertomographie des Thorax vom 14.12.2009:

Technik:
Spiralcomputertomographie des Thorax mit 2,5 mm Schichtdicke von der oberen Thoraxapertur bis zum Leberhilus. Primäre intravenöse Kontrastmittelgabe. Auswertung im Lungen-, Weichteil- und Knochenfenster mit multiplanaren Reformationen.

Befund:
Zur vergleichenden Befundung liegt die Thoraxübersichtsaufnahme vom 05.11.2009 vor. Eine Befundkopie bzw. Aufnahmen der nach Angaben von Herrn Schnelle durchgeführten PET-CT-Untersuchung aus der Uniklinik in Münster liegen uns nicht vor.

Von: +49 5221 1066 599   An: 94 2601   15.12.2009 9:09   Seite 3 von 3
Schnelle
Dieter
09.09.1950
H38115/09
14.12.2009 / Seite 3

Regelrechter axillärer Lymphknotenbesatz beidseits. Gering nach retrosternal eintauchendes Schilddrüsengewebe linksbetont ohne focale Herdläsionen. Einzelne mediastinale und parahiläre Lymphknoten bei regelrechtem Besatz. Einzelne Lymphknoten sind nicht signifikant vergrößert.
Vorbestehendes Lungenemphysem mit abgeflachten Zwerchfellrandkonturen. Links dorsolateral stellt sich eine pleuraständige abgerundete weichteildichte Gewebsformation mit einem Durchmesser von 5 mm dar. In den zwerchfellnahen Abschnitten des Unterlappens sind hier flächige, teils unscharf Signalanhebungsareale dargestellt. Weitergehend ein eher narbig imponierender Fleckschatten im basolateralen Unterlappen links. Ähnlich imponierende Strukturveränderungen auch rechts im Unterlappen mit Größen bis 5 mm Durchmesser. Weitergehend metastasensuspekt imponierende Herdsetzungen demarkieren sich nicht.
Kein fassbarer organpathologischer Befund im Bereich der mitabgebildeten parenchymatösen Oberbauchorgane.
Bei der separaten Auswertung im Knochenfenster zeigt sich eine fleckig osteopen aufgelockerte Knochengrundstruktur ohne weitergehende Osteodestruktionen.
Beidseits apical betonte Narbenbildungen rechts mehr als links.

Beurteilung:
Aktuell kein weitergehender Anhalt für eine pulmonale Metastasierung. Die beschriebenen Strukturveränderung insbesondere im Bereich beider Unterlappen imponieren bei bestehendem Emphysem narbig postentzündlich, insbesondere links basal ist hier ein Residuum eines pneumonischen Infiltrates anzunehmen. Der Befund ist unter der bestehenden malignen Anamnese kontrollbedürftig wobei die beschriebenen Herdsetzungen aufgrund ihrer geringen Größe in einer Röntgenübersichtsaufnahme des Thorax nicht sichtbar sein dürften.

Mit freundlichen kollegialen Grüßen.

P.S. Dieses Fax ist ohne Unterschrift gültig

Wahrscheinlich ist es richtig: Viele hätten sich wohl über dieses Ergebnis gefreut; ich nicht. Ich war schlapp, fühlte mich wie 100 Jahre oder älter, mein Hals war von innen permanent entzündet, von außen steinhart durch das verschissene, nicht mehr abfließende Lymphwasser, die Narben schmerzten, ich verschluckte mich permanent, der Geschmackssinn war so gut wie tot, bei dem Versuch, einen Schluck Wein zu trinken, glaubte ich, jemand würde mit einem Bunsenbrenner den unsichtbaren Resten des Bastards in meinem Hals zu Leibe rücken, an Training oder gar Radfahren war nicht einmal zu denken, mein Schwanz schien sich mit der Rolle eines Katheters für die Ausscheidung meines seltsamerweise häufig stinkenden Urins abgefunden zu haben, und mein Ego fand das alles super-beschissen. Seit Tagen hatte ich ein seltsames Kribbeln in beiden Pfoten, kurzum: Alles, was mein Leben ausgemacht hatte, was es mir nach meinen Ansprüchen zu geben hatte, war nicht mehr. Meine Toleranz für diese Art von Leben war am Ende; und ich war nicht traurig darüber. Nur noch ein Gedanke tauchte immer wieder auf: Was machst du, wenn du das Zeug nicht kriegst oder die dir das Zeug an der Grenze abgreifen? Immer klarer wurde mir, dass ich die Sache dann entweder mit einer Knarre erledigen werde oder, wie ursprünglich geplant, mit zwei Gramm „H". Beides würde aber für Uschi ganz schrecklich sein. Eine Frage fand immer häufiger Zugang in mein Denken, beschäftigte mich immer ernsthafter: Wer ist eigentlich verantwortlich für die Verweigerung meiner Menschenrechte? Weder Politiker noch die Manager der Pharmaindustrie oder auch die verlogenen Würdenträger aus dem Dunstkreis der Kirchen lassen sich personifizieren. Sie alle sind Teil eines Systems, das ihnen für ihre unterschiedlichsten Interessen dienlich ist. Bekämpft werden muss das System! Einzelne zur Verantwortung zu ziehen würde der Sache nicht dienen, möglicherweise sogar schaden.

Thailand

Trotz Schneechaos in Deutschland sind wir fast ohne Verzögerung in Bangkok gelandet. Erstaunlicherweise lief erst alles glatt. Wie mit dem Typ vereinbart, wurden wir, mein Freund Gregor begleitete mich, von einem Taxi abgeholt. Und tatsächlich, wenn auch mit einer Stunde Verspätung, kam der Typ, nennen wir ihn mal Kat-2, zum Hotel: Für mich wurde er ein „Pattaya-Kategorie-2-Typ". Das Gros der westlichen Männer in Pattaya ließ sich meiner Ansicht nach in zwei Kategorien einstufen: In die Kategorie 1, die rein quantitativ überwog, packte ich alle alten, fetten, glatzköpfigen, übelriechenden, speckigen Lustmolche, die mit ihren behaarten, schweißtropfenden Pranken sehr junge, kleine, meist sehr hübsche Thaimädchen an deren dünnen Ärmchen trophäengleich im Zangengriff hinter sich herschleiften. Was kann es Ekeligeres geben für so ein 14 oder 15 Jahre altes Mädchen von rund 45 Kilo Körpergewicht, als von so einem kurzatmigen, stinkig transpirierenden und sabbernden Monster von 120 Kilo mit mindestens 50 Prozent Fettanteil gevögelt zu werden? Vielleicht die Alternative, für einige Tage oder Wochen mit einem Exemplar der Kategorie 2 liiert zu sein und als Sexsklavin dienlich sein zu müssen. Diese Typen der Kategorie 2 waren für mich die Irrläufer der Evolution, die Fehlproduktionen, die bei jedem Produktionsprozess anfallen und bei allen Industrieprodukten als Ausschussware sofort aussortiert würden. Auch die Evolution hat sich auf diese Exemplare vorbereitet. Normalerweise gibt es für diese Fehlproduktionen keine Möglichkeit der Fortpflanzung. Sie sind so hässlich, dass sie entweder zum ewigen Wichsen verdammt sind oder für reichlich Kohle eine schnelle, kalte Nummer im Puff kaufen müssen. Für beide Typen, ob Kategorie 1 oder Kategorie 2, gilt, sie sind gleichermaßen widerwärtig. Diese Möglichkeiten des Sextourismus, der auch diese Mutanten im Rahmen der modernen Sklaverei die Möglichkeit der Reproduktion oder auch nur die Illusion echter Zuneigung erkaufen lässt, müssen rigoros bekämpft werden. Aber auch in diesem Beispiel zeigt sich die ganze Perfidität der Freiheit, die der deutsche Staat seinen Bürgern zubilligt. Das ekelige Verhalten dieser Mutanten wird akzeptiert und auch toleriert. Das von mir eingeforderte Recht auf ein Sterben in Würde wird mir – notfalls auch unter Einsatz staatlicher Gewalt – verweigert. Dafür muss es Verantwortliche geben.

Kat-2 ging mit uns in eine Schwulenbar. Auch hier die gleiche Situation, nur dass die Nutten kleine, hübsche Jungs waren. Kat-2 spielte den Mann von Welt. Was er für eine Riesennummer in Thailand sei. Vom Hotelmanager bis zum Reiseveranstalter hatte er alles drauf. Auch wollte er uns zeigen, wie man mit der Bedienung umzugehen hat. Abfällig äußerte er sich über die Arbeitsauffassung der Thais, machte absolut grottige Witze über sie. Gregor und ich waren voller Ekel gegen diesen Typen. Aber die Chance, über diesen Oberwichser an mein NaP zu kommen, ließ unsere Kotzschwelle steigen und uns die Fäuste in der Tasche behalten. Kat-2 meinte dann nach uns endlos erscheinenden zwei Stunden, wir träfen uns morgen Abend um 19.00 Uhr wieder am Hotel. Dann habe er mein „Zeug", wie er es nannte, dabei. Erstaunlicherweise wollte er keinen Vorschuss. Am nächsten Tag: nichts. Meine Anrufe gingen ins Leere. Gegen Mittag des übernächsten Tages, am Mittwoch, erreichte ich ihn. Ja, alles sei klar, das Zeug sei bestellt, am Freitagabend komme er zu uns. Es sei alles 100 Prozent sicher! – Wir konnten diesem Typen einfach nicht mehr glauben. Wir sind dann selbst losgezogen, versuchten es erst in normalen Apotheken, später in Drugstores und Tierbedarfsläden, sogenannten Pet Shops. Die gesamte Region um Pattaya ist zum Kauf von NaP absolut nicht geeignet. In einigen Läden wurde ich angeguckt, als wäre ich in Deutschland in eine Apotheke gegangen. Ein Blick zwischen Verwunderung, Belächeln und: „Mann, hau mal schnell ab, du bringst dich in

Teufels Küche". In den Pet Shops kannte man das Nembutal, aber man war schon irritiert, dass da einer kommt, der das kaufen will, denn die hatten das seit Jahren nicht mehr im Programm. Kat-2 kam nicht am Freitagabend, dafür eine SMS: „Scheiß Thais, vertraue hier keinem mehr, fahre morgen selbst nach Bangkok. Bin morgen Abend gegen 20.00 Uhr bei euch im Hotel."

Samstagabend – richtig geraten: kein Kat-2, kein Anruf mehr, auch von mir nicht.

Sonntagmorgen dann los nach Bangkok. Schon morgens hatte ich ein seltsames Rumoren im Bauch. Mittags, wir hatten gerade im Hotel eingecheckt, brachen alle Dämme. Dünnschiss, Fieber, Kotzen, Schüttelfrost. Ab in eine Klinik. Salmonellenvergiftung. Bis einschließlich Mittwoch, vier Tage vor unserer geplanten Abreise, stationär im Pitaya-Hospital in Bangkok. Es war richtig beschissen – ja genau, in jeder Hinsicht. Ich war voller Panik: Das war's, jetzt ist auch die letzte Chance vertan. Gleichzeitig war ich aber auch total besessen von der Vorstellung, das wird nicht besser bis Montag, so kannst du doch gar nicht fliegen. Es machte mir Angst, wie ich die mühsam aufgebauten fünf Kilo förmlich wieder aus mir rausschiss. Total schlapp, genauso im Arsch wie nach der Verstrahlung, am Mittwoch dann entlassen. Habe mich dann vor fast allem Essen geekelt. Meine Nahrungsaufnahme war absolut grenzwertig, mein Gewicht ging weiter nach unten. Trotzdem, am Donnerstag mit den Hinweisen von Exit International losgestiefelt. Hier in Bangkok schon ein anderes Bild. Im ersten Laden, der von Exit International genannt wird, zwar nur ein Kopfschütteln, aber mein Gefühl sagte mir, die wissen, worum es geht. Im zweiten Drugstore dann der Hinweis von einer wirklich netten, alten Chinesin, im übernächsten Drugstore könnte ich vielleicht Glück haben. Dieser Laden war eine Mischung aus Apotheke, Drugstore und Pet Shop. Der Mann, den ich zuerst angesprochen habe, verwies mich an einen offenbar wissenden, lächelnden, alten, deformierten Chinesen, der am Ende dieses langen, schlauchähnlichen Ganges an einer Kasse saß, über die alle Zahlungen abgewickelt wurden. Ich sagte ihm, was ich wollte, und zeigte ihm das Foto einer Flasche Nembutal, wie sie laut Exit International in Thailand vertickt werden soll. Und wieder lächelte dieser alte Krüppel, aber nicht unbedingt nett oder mitleidig oder wissend, sondern vielmehr wie jemand, der sich seiner Macht bewusst war. Mir war sofort klar, hier geht was, oder hier war zumindest schon was gelaufen. Ich blieb eine gute halbe Stunde bei ihm stehen. Ständig unterbrochen von den ein knappes Dutzend zählenden Verkäufern, die alle verkauften Waren von diesem alten, scheinbar knochenlosen Haufen Biomasse abkassieren lassen mussten. Mein erster Eindruck verfestigte sich, dieser Typ war sich seiner Macht bewusst. Er entschied, wer würdevoll sterben durfte oder wer zum Krepieren verdammt war. Aber seltsamerweise habe ich weder in diesem Moment noch später dieses deformierte Etwas gehasst, sondern nur den P-Staat, in dem ich lebe. Ich glaube, ich habe gebettelt wie ein elender, Affe schiebender Junkie. Ich habe viel Geld geboten, ich habe 50.000 Baht auf den Tresen gelegt. Ich habe das Zucken in seinen Augen gesehen. Dann nuschelte er etwas von Ende der nächsten Woche. Ich wollte nicht glauben, dass er im Moment nichts hatte. Ich wollte und konnte nicht auf die vage Aussicht hin, dass vielleicht Ende der nächsten Woche wieder was da wäre, noch eine Woche in Bangkok bleiben. Als ich den Laden verließ, habe ich mich benommen wie ein Volltrottel, dem seine große Liebe gerade den Arschtritt verpasst hat und der nun beim Weggehen dauernd zurücksieht und hofft, dass sie ihre Meinung ändert. Ich graste dann noch ein paar weitere Läden ab: nothing. Schließlich blieb als letzte große Hoffnung nur der Chatuchak Weekend Market mit seiner großen Anzahl von Pet Shops.

Trotz des riesigen Marktgeländes findet man sich mit einem Wegweiser schnell zurecht. Wir waren zu früh da. Die meisten Stände, die von dem Hauptweg durch unzählige schmale Gassen zugänglich waren, hatten noch geschlossen. Was man hinter den Verschlägen sehen konnte, war nichts für sensible Gemüter. Unzählige Shops mit Hundewelpen und Katzenbabys, die größtenteils ohne Unterlage in den Gitterkäfigen die Nacht verbracht hatten und uns teils fiepend und unsicher, aber doch noch erwartungsvoll anschauten oder völlig apathisch dalagen, kaum acht Wochen alt, aber emotional schon getötet. Später, als die Shops dann geöffnet hatten, sah man überall, wie diese hoffnungslosen Kreaturen gebadet, gepudert und je nach Rasse farbig angesprayt wurden, um sie als lebendiges Spielzeug anzupreisen. Auch wenn wir in Thailand nicht einen Straßenhund gesehen hatten, der irgendwie misshandelt aussah, ja nicht einmal schlecht genährt, konnte uns diese mögliche Zukunft der armen Würmer nicht wirklich beruhigen.

Ich fing schließlich beim ersten Shop an mit meiner Suche. Offen oder in verschiedenen Vitrinen habe ich zwar jede Menge Tierarznei gesehen, aber kein NaP. In einigen Shops erntete ich nur Kopfschütteln, wenn ich mein Foto von der Pulle zeigte. Ich wusste nicht immer, ob die wirklich keine Ahnung hatten oder mit dieser Nummer nichts zu tun haben wollten. Gregor, der die Situation von außen im Auge behielt, war der Meinung, dass einige sehr wohl wussten, wofür ich das Zeug brauchte. Wenn ich den Shop verließ, tuschelten sie miteinander, manchmal nickte jemand bedeutsam. Und dann fand ich ihn, den Shop, der mich so nah an mein würdevolles Sterben brachte wie noch nie. Es befanden sich drei Männer und eine Frau in diesem Shop. Die Männer waren mit dem Einräumen von Waren beschäftigt. Die Frau saß hinter der Kasse und sortierte Papiere. Lebende Tiere wurden in diesem Shop nicht verkauft. Ich sprach einen der Männer an. Er schüttelte den Kopf: No, Sir. Ich zeigte ihm das Foto. Er rief einen weiteren Mann hinzu, der wohl der Sohn von der Frau hinter der Kasse war. Wie sich später herausstellte, der Sohn der Chefin. Auch dieser Mann, ich nenne ihn „Friendly", signalisierte mir: Nein, das haben wir nicht. Leider waren die Englischkenntnisse von Friendly gleich null, auch sonst war keiner im Shop, der auch nur einen Fetzen Englisch sprach. Außer yes und no, thank you und bye war nichts zu machen. Friendly fragte dann seine Mutter, die Frau hinter der Kasse, etwas auf Thai. Nach einem kurzen Dialog mit seiner Mutter nahm er sein Handy und telefonierte. Dieser Telefonmarathon ging über zwei Stunden. Anhand alter Rechnungen und Geschäftsunterlagen wurden Grossisten und Lieferanten rausgesucht und antelefoniert. Einmal sah mich die Frau an, nickte gütig lächelnd mit dem Kopf und packte meinen Arm an. „You have it, you have it?" Und wieder ein bestätigendes Nicken. Dann, nach einer weiteren endlosen Minute, ein aufgeregtes Zwiegespräch zwischen Friendly und seiner Mutter. Das Zeug war nicht mehr am Lager, und schlimmer noch, über diesen Lieferanten auch nicht mehr zu beziehen. Friendly checkte dann noch ein paar andere Kontakte ab. Schließlich gab er mir seine Telefonnummer. Den restlichen Samstag und den Sonntag telefonierte ich etliche Male mit ihm. „You have it?", „No, no Dieter, so sorry!" Er hat immer abgenommen, er war nie unhöflich, er hat mir nie angedeutet, ich solle ihn nicht mehr anrufen, und sie wollten für ihre Bemühungen und Telefonkosten nicht einen Baht. Einen 1.000-Baht-Schein, den ich ihnen auf den Tresen gelegt hatte, stopften sie mir mit sanfter Gewalt wieder in meine Tasche zurück. Monatelang versuchte ich immer wieder, mit Friendly per SMS in Kontakt zu treten. Nach den Unruhen in Thailand habe ich keinen Kontakt mehr zu ihm bekommen.

Eine im Nachhinein witzige Sache auf dem Marktgelände: Vor uns tauchten plötzlich zwei martialisch aussehende Thaibullen auf. Begleitet von einem aufgeregt zappelnden kleinen Männchen, das wild gestikulierend auf uns zeigte. Alles schoss mir durch den Kopf: Okay, auch Pento steht in Thailand auf dem Index. Nicht vergleichbar mit „H", aber eben doch nicht legal. Super, dachte ich mir, jetzt haste noch Glück im Unglück. Der Versuch, etwas kaufen zu wollen, wird wohl nicht deinen

Kopf kosten. Die drei, wir gingen mitten durch sie durch, das Zisselmännchen links, die beiden Bullen rechts von uns, würdigten uns keines Blickes ... Unmittelbar hinter uns legten sie dann einem Taschendieb das Handwerk.

Am Montag Abflug nach Deutschland. Keine Kontrolle am Zoll. Scheiße, Scheiße, Scheiße.

Hurra, ich vegetiere noch.
Mein Job, meine Unrast, mein Überdruss

Zu Hause angekommen, geht es mir so beschissen wie nie. Die Enttäuschung und die Sorge um mein Krepieren frisst mich auf. Mein körperlicher Zustand ist für meine Verhältnisse ein krüppelhaftes Vegetieren. Meine restlichen Zähne fangen an mir auszufallen. Das Zahnfleisch verschwindet einfach. Hier zeigt sich einmal mehr, wie erfolgreich die Verstrahlungsfolter doch für die Gesundheitsindustrie ist; Zahnarzt, Zahnlabor, und das alles mit einem hohen Eigenanteil. Kopf-, Ohren-, Zahn- und Magenschmerzen, irgendeine Scheiße quält meinen geschundenen Körper jeden Tag. Von außen ist mein Hals hart wie Stein, innen trocken wie die Wüste Gobi. Ohne ein Mundspray, ein jämmerlicher Speichelersatz, mit dem sicher gut Kohle gemacht wird, gehe ich nicht mehr vor die Tür. Wo ich hinkomme, stellt man mir schon unaufgefordert ein stilles Wasser hin, denn mein Maul ist so trocken, dass ich nicht mal mehr reden kann. Die Lymphdrainagen sind nicht unangenehm, aber im Hinblick auf eine Besserung nicht zielführend.

Ich habe einen ersten Kontakt für meine zwei Gramm „H". Wahrscheinlich direkt aus Rotterdam. Was hier vor Ort und in der näheren Umgebung auf dem Markt ist, ist dermaßen gestreckt, dass selbst Anfänger Tagesrationen von zwei und mehr Gramm brauchen. Leider ist der Typ auch nicht sehr vertrauenerweckend. Ich bin bereit, pro Gramm 300 Euro zu latzen. Meine Bedingung: Das Zeug muss einen Reinheitsgehalt von mindestens 20 Prozent haben. Bin noch auf der Suche nach einer Testmöglichkeit. – Aus der Schweiz kommen erst mal beruhigende Signale. Man geht bei Dignitas davon aus, dass die Gesetzesinitiative gegen die Freitodbegleitung von Ausländern in der Schweiz nicht erfolgreich sein wird. Sollte dieser Prozess bis zu einem Volksentscheid vorangetrieben werden, ist nach Meinung von Dignitas nicht vor zwei bis drei Jahren damit zu rechnen. Sollten bei meinem nächsten Check der Bastard und seine Vasallen immer noch abgetaucht sein, werde ich mein Glück noch einmal versuchen. Mexiko, Peru, mal sehen, was geht. Bis es so weit ist, will ich wieder arbeiten gehen. Was soll ich zu Hause? Kein Sport; Essen und Trinken wegen der Schluckprobleme ein widerliches, notwendiges Übel; Spaziergänge mit Spocky, die mir meinen maroden körperlichen Zustand immer aufs Neue bewusst machen; Lesen oder Musik – als ich gesund war, zwei wichtige Komponenten meiner Freizeit – haben jeden Reiz verloren, so als würden sie erkennen, dass ich sie nur missbrauche, um meine Zeit totzuschlagen. Stunde auf Stunde reiht sich öde aneinander. Der Höhepunkt meines Tages ist gegen 22.00 Uhr. Ich gehe ins Bett, und mit etwas Glück schlafe ich dann drei bis vier Stunden durch. Danach völlig verschissenes Hin- und Hergewälze; Gedankenketten, die sich nicht durchbrechen lassen, die Vergewaltigung meiner Psyche und meines Körpers kennt keine Tageszeiten. Etwas Ruhe finde ich nur bei der Vorstellung, ich hätte vorgesorgt und die ausreichende Menge NaP gebunkert. Oder ein Wunschtraum würde sich erfüllen, und auch in Deutschland gäbe es die Chance auf einen würdevollen Freitod. Aber die Realität erlaubt es nicht, von Gerechtigkeit auch nur zu träumen. Da rennt zum Beispiel so eine bigotte Bischöfin, jetzt Ex-Bischöfin der evangelischen Kirche herum, die mit all ihrer Macht gegen dieses Menschenrecht auf einen würdevollen Freitod zu Felde zieht. Mit Lügen und Verleumdungen geht sie gegen die Befürworter dieses Rechtes vor. Sie gehört zu der Fraktion „Wasser predigen und Wein saufen", und das im wahrsten Sinne des Zitates. Sie ist einem guten Tropfen nicht abgeneigt und fühlt sich von einer höheren Macht noch behütet und berechtigt, auch mit den entsprechenden Promillen ihren fetten Dienstboliden selbst zu steuern. Dass sie bei solch einer Spritztour jemanden von der Straße hätte fegen können, hat sie zumindest unreflektiert oder sogar billigend in Kauf genommen. Mehr noch: Würde eine solche arme Sau entsprechend zerlegt; Wirbelsäule gefickt, vom Halswirbel ab gelähmt, für immer leicht matschig in der Birne, sabbernd, lallend und mit permanenten Schmerzen, er wäre gnadenlos zum Krepieren verdammt. Denn der Wunsch nach seinem schnellen Tod, der ihm seinen Rest an Würde lässt, würde ihm auch gerade von dieser Bischöfin verweigert. Die wünscht sich, dass die von ihr verursachten Qualen bis zur bitteren Neige auszukosten sind. Auch dieses Beispiel, das ja nicht mit großem Aufwand konstruiert werden musste, zeigt, wie perfide jeder Eingriff in das Menschenrecht auf einen würdevollen Freitod ist. Jeder Mensch muss das Recht haben, für sich zu entscheiden, was würdevoll ist. Ich würde mir nie erlauben, einem anderen Menschen vorzuschreiben, wie er zu leben oder zu sterben hat. Ich wünsche nur, dass meine Rechte berücksichtigt und akzeptiert werden. Es ist mir scheißegal, woran die Menschen glauben, sollen sie irgendwelche Götzen anbeten, ums goldene Kalb tanzen, ihr Heil im Buddhismus suchen; Hindus, Juden, Christen, Muslime, Sektierer aller Couleur, sie sollen machen, was sie wollen, nur verdammt noch mal, ich hasse ihren missionarischen Eifer, ihren Absolutheitsanspruch und die Machtgeilheit ihrer geistigen Führer. Ich könnte kotzen, wenn ich mit so einem Schwachsinn vollgetextet werde wie der Barmherzigkeit Gottes, die sich zum Beispiel auch in der Pflege zum Tod in einem Hospiz offenbaren soll. Für mich ist die hochbezahlte Pflege eines dem Tode Geweihten nicht Barmherzigkeit, sondern reines Kohlemachen. Der Preis dafür ist oft genug eine gnadenlose und unerbittliche Folter der Sterbenden. Dieser Folter sollte nur der ausgesetzt werden, der es ausdrücklich wünscht.

Wenn es Barmherzigkeit gibt, dann zeigt sie sich für mich so: Ich war mit dem Auto unterwegs im Ausland. Eine unübersichtliche Landstraße. Vor mir hält ein Fahrzeug mit Warnblinklicht. Ich halte und schalte ebenfalls mein Warnblinklicht ein. Aus dem Fahrzeug vor mir steigen ein Mann und eine Frau aus und gehen ein paar Meter vor ihren Wagen, bleiben stehen und beugen sich leicht nach vorn. Die Frau dreht sich ab. Ich steige ebenfalls aus. Was ich dann sehe, macht mir Angst, zeigt mir sofort und unerbittlich meine Ohnmacht. Vor mir liegt eine Katze. Sie ist bis gut zur Mitte plattgefahren. Eingeweide sind aus ihrem Hinterteil rausgedrückt. Trotzdem hebt sie ihren Kopf in meine Richtung. Aus ihrem Mund, ihrer Nase und ihren Ohren tropft Blut. Tierarzt, hämmert es in meinem Kopf. Veterinär, Veterinär rede ich auf den Typen ein. Der schüttelt den Kopf. Ich interpretiere das, als ginge es um Kohle, und hohle ein paar Scheine raus. Schnell merke ich, das war es nicht unbedingt. Der Typ deutet an, wir sind mitten in der Pampa, nennt eine Stadt, die rund 50 Kilometer entfernt ist, und zeigt kopfschüttelnd auf die nicht sterben wollende Katze. Ich überlege, holste 'ne Decke aus dem Auto, packst die Katze da rein und fährst in diese verfickte Stadt. Wann wirst du einen Tierarzt gefunden haben? Es ist nach 18.00 Uhr. Du fährst dann mit 'ner sterbenden Katze durch die Nacht. Die wird sich noch Stunden quälen müssen. Aber eine andere Lösung sah ich nicht. Plötzlich stand er neben mir. Ein grobschlächtiger Mann, aus einem Unimog, den ich vor einigen Minuten überholt hatte. Er guckte uns an, beugte sich zu der Katze herunter, so weit, wie ich und der andere Typ uns nicht getraut hatten, schüttelte seinen Kopf, atmete einmal tief durch und trat dann mit dem rechten Fuß, der in einem riesigen Stiefel steckte, auf den Kopf der Katze. Es gab ein seltsames, kaum wahrnehmbares Geräusch, aber die Katze gab keinen Laut von sich. Ihr Tod war schnell und schmerzlos. Die Tusse von dem Typen neben mir war wie gelähmt. Der Typ nahm sie, bugsierte sie in das Auto, setzte sich ans Steuer und fuhr los. Jetzt nahm der Mann aus dem Unimog den Kadaver mit bloßen Händen – ich meine, er tat es sehr behutsam – und legte ihn hinter einen Graben an den Rand eines Feldes. Dann streifte er seinen Stiefel und seine Hände im Gras ab, nickte mir zu, stieg in seinen Unimog und fuhr. Ich war völlig durcheinander. Blieb noch 'ne gute halbe Stunde vor Ort. Deckte die Katze mit Gras zu und hoffte, dass sie sich nicht mehr bewegt. Sie war tot. Erlöst von einem Menschen, der für mich in der Nachbetrachtung das verkörperte, was in einem Hospiz dafür herhalten muss, die ökonomischen Interessen zu verschleiern: Barmherzigkeit.

Wie geht es weiter?

Es wird hell, der nächste Tag fängt genauso beschissen an, wie der letzte zu Ende ging.

Ab Februar gehe ich wieder arbeiten. Ich muss noch mal alles geben. Der größenwahnsinnige, erste Vorsitzende unseres Vereins hat in dem Jahr meiner Abwesenheit unseren Verein geradewegs in den Abgrund gesteuert. Das haben die Mitglieder, die Besucherinnen und Besucher unseres Jugendzentrums und die Mitarbeiter nicht verdient. Ich arbeite bis zu zwölf Stunden täglich, bin danach völlig im Arsch, während der Arbeit nicht mehr so belastbar wie früher und, wie ich meine, auch geistig nicht mehr auf dem Level, das ich für mich fordere. Trotzdem komme ich mit Hilfe der Mitarbeiter, des neuen Vorstandes und der Jugendlichen gut voran. Es rührt mich, wenn ich spüre, wie sehr mich meine Jungs mögen. Trotzdem weiß ich, es muss irgendwas passieren, wenn alles, was dieser skrupellose Parasit angerichtet hat, aufgearbeitet ist. Ich bin mir nicht sicher, ob ich unter den Bedingungen meiner verschissenen Lebensqualität einfach weitermachen kann und will. – Zu gesund, um zu sterben, zu krank, um weiterzuleben. Es ist einfach zum Kotzen. Ich werde mich vorbereiten. Ich werde eine mir genehme Möglichkeit finden. Ich hoffe nicht, dass dieser Hinweis für die Schergen der Gesundheitsindustrie und der Kirchen Grund genug ist, mich aufzugreifen und wegzuschließen. Ich wollte dieses Buch, das es jetzt ja doch geworden ist, erst nach meinem Abgang veröffentlichen lassen. Wenn nun der nächste Check wieder zeigt, der Bastard ist noch abgetaucht, werde ich dieses Buch drucken lassen. Ich werde es an Freunde verschenken und an Menschen weitergeben, bei denen ich annehme, dass sie in dieser Frage ähnlich ticken wie ich oder darin zumindest ambivalent sind.

Wen interessiert, wie es mit mir weitergeht, der kann das auf meiner Internetseite **www.Freitodrecht.de** verfolgen.

Schlusswort

Alle, die wie ich den Wunsch haben, selbstbestimmt und in Würde zu sterben und den Zeitpunkt ihres Abganges selbst zu bestimmen, dürfen langfristig wohl hoffen, denn die Zeit arbeitet für sie. Ich bin der festen Überzeugung, dass es nur eine Frage der Zeit ist, bis auch dieser P-Staat seinen Bürgern das Recht auf einen würdevollen Freitod einräumen muss. Man soll nun nicht glauben, die scheinheiligen Politiker oder die auf Profitmaximierung ausgerichtete Gesundheitsmaschinerie würden jemals geläutert; nein, es werden ökonomische Sachzwänge sein, die diese bisher gut funktionierende unheilvolle Allianz aus Politik, Gesundheitsindustrie und Kirche sprengen. Die Politik wird gezwungen sein, ihr Verhalten zu ändern, wenn die Gesundheitskosten explodieren, denn die Privaten werden ihre Pfründe nicht aufgeben. Die Gesundheitsmafia wird zähneknirschend zustimmen in der Erwartung, dass dieses Recht ihren Reibach nicht nennenswert verringern wird. Die Kirchen werden aufheulen und das Fegefeuer all denen androhen, die dieses Recht für sich in Anspruch nehmen werden, aber es wird nichts nutzen. Wie immer ist die Kohle die Leitideologie. Ich könnte mir vorstellen, dass die Politik diese Frage generös durch einen Volksentscheid klären lassen wird. So könnten sie sich volksnah zeigen und ihr scheinheiliges Gesicht wahren. Ich bin mir sicher, dass so ein Volksentscheid schon heute zugunsten des Rechts auf einen würdevollen Freitod ausfiele. Denn nicht nur die Menschen, die sich entscheiden, auf eine würdevolle Art zu sterben, sondern vor allem jene, die ihr Krepieren bis zur bitteren Neige, unter Nutzung aller medizinischen Errungenschaften bis hin zu hochbezahlten Streicheleinheiten in einem Hospiz, auskosten wollen – es sei ihnen vergönnt –, müssten für die Möglichkeit eines würdevollen Freitodes stimmen, denn das würde ihre Chancen auf ein solches kostenintensives Langzeitkrepieren erhöhen. Wenn es auch sicher ist, dass das Recht auf ein würdevolles Sterben langfristig von keiner Macht zu stoppen ist, rate ich allen, die wie ich denken: Wartet nicht, unterschätzt nicht den Machtmissbrauch dieser Staatsmacht, solange dieses Recht noch nicht festgeschrieben ist. Denkt daran, es kann euch jeden Tag treffen. Organisiert euch, werdet Mitglied in einer Organisation, die eure Rechte einfordert. Seht genau hin, wo ihr euch organisiert. Ich halte zum Beispiel die DGHS für nichts weiter als einen Papiertiger, der sich selbstgefällig an den Beiträgen seiner Mitglieder vollfrisst. Die DGHS ist meines Erachtens ein kontraproduktives Gebilde, das dem Kampf für das Menschenrecht auf einen würdigen Freitod schadet. Die DGHS wirkt wie ein Tranquilizer auf alle Menschen, die zu diesem Recht stehen und in diesem Verein für ihr Recht kämpfen wollen. Die DGHS ist meiner Ansicht nach nichts anderes als ein Handlanger der unheilvollen Drei.

Ich wünsche euch, die ihr so denkt wie ich, dass ihr die Möglichkeit haben werdet, in Würde und Anstand, ohne Angst und selbstbestimmt zu sterben.

Widmung

Dieses Buch ist niemandem gewidmet. Trotzdem danke ich dem wichtigsten Menschen in meinem Leben. Ich danke meiner Uschi, die mich in all den Jahren glücklich gemacht hat und die auch jetzt ihre Liebe zu mir beweist, indem sie mir erlaubt, dieses Buch zu veröffentlichen. Aber ich danke auch all denen, durch die mein Leben so lebenswert und erfüllt wurde, wie ich es gelebt und erlebt habe. Würde ich hier versuchen, alle aufzuzählen, würde das den Rahmen sprengen, und würde ich nur einen oder eine vergessen, wäre das Ziel nicht erreicht. Ich glaube, dass Ihr alle wisst, dass ich Euch meine. Und Ihr alle werdet wissen, wie groß Euer Anteil an meinem geilen Leben war. Und wenn Ihr nun meint, Mensch Dieter, aber du bist noch zu jung, um abzutreten. Glaubt mir, es ist wie mit einer guten Party, es kommt nicht darauf an, wie lange sie dauert, sondern nur, wie du sie erlebt hast.
Ich danke Euch allen. Euer Dieter Schnelle

Glossar

Anomalie
Hier: Verengung der Luftröhre

Antiemetika
Medikamente, die Übelkeit und Brechreiz unterdrücken sollen

Barbiturate
nicht mehr verwendete Gruppe von Arzneistoffen (Schlafmitteln) mit hypnotischer, narkotischer Wirkung

CT (Computertomographie)
Schichtröntgen-Technik, bei der sich einzelne Körperschichten überlagerungsfrei darstellen lassen

EKG (Elektrokardiogramm)
Aufzeichnung der Herzströme

DGHS (Deutsche Gesellschaft für humanes Sterben)

Hämatom
Traumatisch bedingte Blutansammlung, z. B. „blauer Fleck"
hier: Bluterguss nach OP

HNO-Arzt
Hals-Nase-Ohren- Arzt

MRT (Magnet-Resonanz-Tomographie)
diagnostische Technik zur Darstellung der inneren Organe und Gewebe mithilfe von Magnetfeldern und Radiowellen

NaP (Natrium-Pentobarbital)

Neck-Dissection (Halspräparation)
Radikaloperation, mit Ausräumung aller Lymphknoten des
Halses

Nembutal
Handelsname von Pentobarbital

Onkologe
Arzt, der sich mit der Diagnose und Therapie von Krebs befasst

PEG (Perkutane endoskopische Gastronomie)
eine direkte Verbindung zwischen Bauchwand und Magen zur
künstlichen Ernährung

Pento
Natrium-Pentobarbital

PET (Positronen-Emissions-Tomographie)
bildgebendes Verfahren, ähnlich dem Röntgen. Mit der PET
lassen sich Vorgänge im Stoffwechsel nachvollziehen.

PET/CT
ein kombiniertes Untersuchungsverfahren mit einem komple-
xen Gerät, das es ermöglicht, ein Fusionsbild mit den Informationen zweier völlig verschiedener Verfahren (s. PET/s. CT) zu
erhalten. Auf Basis der PET/CT lässt sich ein Tumor präzise
entfernen und eine Gewebeentnahme exakt durchführen.

Pfründe
Einkommen aus einem Kirchenamt

Plattenephitelkarzinom
bösartiger Krebs

Proktologe
Arzt, der sich mit Erkrankungen des Enddarms befasst

PSA (Prostataspezifisches Antigen)
Test auf PSA bzw. PSA-Screening
Früherkennung von Prostatakrebs bei Männern über 45 Jahren

PsychKG
Psychisch-Kranken-Gesetz; regelt u. a. die Zwangseinweisung
in die Psychiatrie

Test auf okkultes Blut im Stuhl
Test auf nicht sichtbare Blutbeimengungen im Stuhl

TNM-Klassifikation
eine international einheitliche Tumorklassifikation. Das
TNM-System ist ein Codesystem aus Buchstaben und Zahlen,
die für bestimmte Merkmale stehen, z. B. den Tumor (T), das
Fehlen oder Vorhandensein von Lymphknotenmetastasen (N)
oder das Vorhandensein von Fernmetastasen (M). So kann ein
Hausarzt dem Befundbericht einer Klinik schnell und eindeutig die wichtigsten Angaben über das Ausmaß der Tumorer-
krankung seines Patienten entnehmen.

Tracheoflex
Kanüle, die in die Luftröhre (Trachea) eingesetzt wird, z. B.
zum Beatmen oder nach einer Tracheotomie (Luftröhren-
schnitt)